Stefano Zecchi

L'INCANTESIMO

MONDADORI

Dello stesso autore
in edizione Mondadori

Sillabario del nuovo millennio
Estasi
Il brutto e il bello
Sensualità

ISBN 88-04-42522-9

I edizione ottobre 1997

L'incantesimo

... damit in harmonischem Anschaun
Sich verbinde das Paar, finde die höhere Welt.

... perché nell'armonia dello sguardo
si avvince la coppia e scopre il mondo più alto.

JOHANN WOLFGANG GOETHE, *Elegie II*

Sì, la bellezza... Può darsi. Spesso un ridicolo, tragico malinteso. Conosci l'eccitante sorpresa di scorgere in lontananza una bellezza. Forme perfette, seducenti ti vengono incontro con movenze eleganti: quasi una promessa di felicità. Cogli un particolare magnifico del volto che sembra sfuggito a un'opera d'arte, una curva del corpo che desta fantasie... poi quella figura ormai ti è vicina, e la sua bellezza, che credevi così autentica, che mai avresti messo in dubbio, neppure per un istante della tua vita, ti appare simile a un manichino grottesco, con le giunture scomposte, una cosa volgare e senza senso. La bellezza è svanita; è stata un malinteso.

Si poteva stare più attenti, aspettare, e non si sarebbe caduti nell'inganno. Il problema, così, sembra risolto.

Eppure, accanto a te, c'è chi è pronto a giurare che quel manichino è il corpo più bello che mai gli sia accaduto di vedere. Allora sei tu che stai sbagliando, certamente sei tu ad aver visto male: prima e dopo.

Ancora un'incomprensione: cerchiamo l'accordo,

e di nuovo ci dividiamo per trovare un altro compromesso, quasi che il fraintendimento sia l'unica occasione per riflettere sul bello e sul brutto.

Così, alla fine, ti accorgi che la bellezza è il grande malinteso e l'imprevedibile verità della vita.

Vuoi sapere cos'è la bellezza? Riconosci il tuo stile, quello di chi ti è vicino e quello del tempo che ti è concesso di vivere. Allora puoi incominciare una storia in cui la bellezza è protagonista della tua vita.

Anche lei come te, quel giorno, indossava un abito bianco che le fasciava la vita e si distendeva leggero sui fianchi. Lo stesso viso sorridente e drammatico che mai si sarebbe potuto descrivere con una parola troppo semplice come «carino». Nella sala affollata attirava su di sé ogni sguardo, che pareva concentrarsi per scoprire il suo segreto. In quel momento mi sembrava soltanto preoccupata di vivere il tramonto dei suoi vent'anni.

Era accompagnata da due uomini che facevano a gara per essere servizievoli con lei. Mi aveva incuriosito il suo strano modo di comportarsi, come se non tollerasse di essere toccata, neppure sfiorata: mi sembrava allusiva e contraddittoria.

Guardai i due uomini, uno dopo l'altro, cercando di immaginarli separati da lei. Erano cortesi ed eleganti, avevano una loro raffinatezza che però pareva improvvisamente dissolversi non appena si dedicavano a lei, come se il suo stile annullasse l'identità di chi le stava vicino.

Anche allora la serata era calda e umida. La galleria d'arte si apriva dal retro su un ampio cortile dove si poteva respirare un po' d'aria fresca. Lì si era raccolta la maggior parte della gente che, dopo aver guardato sbadatamente i quadri, usciva, molto più interessata a intrattenersi con gli invitati. Una festa divertente, simile a quella per l'esposizione dei tuoi quadri, dove ti ho incontrata l'altro giorno. A te è sembrata solo un pretesto per un'esibizione di mondanità: non hai ragione a indignarti, anche se è comprensibile che per la tua prima mostra importante ti aspettassi una diversa attenzione, mentre hai trovato soprattutto adulatori della tua giovane bellezza.

È come sempre; anche quella festa di tanti anni fa era così, ma aveva un altro spirito. Artisti, uomini di cultura, professionisti ambiziosi e intelligenti: allora c'era la possibilità di allinearsi, alla pari, sul nastro di partenza; ma la corsa, in realtà, non partì mai. Qualcuno commise uno sbaglio, qualcun altro una scorrettezza, ed ebbe inizio l'orgia più costosa e sfacciata per accaparrarsi potere e successo. Per me, e per molti amici che condividevano la mia ingenuità, la vita incominciò ad essere un cammino, sereno o drammatico, che allontana dai sogni della giovinezza.

Le disavventure, che rappresentano l'aspetto doloroso del viaggio, le disgrazie a cui si attribuisce la responsabilità degli insuccessi, non mostrano mai le loro conseguenze immediatamente. Così rimaniamo incerti, sospesi, le idee appaiono confuse, e abbiamo bisogno di mille giustificazioni per fermarci o proseguire il nostro percorso. Ma possiamo arrangiarci, e una soluzione è sempre possibile. I colpi peggiori, quelli da cui non riusciamo a difenderci, nascono dall'interiorità, dal profondo della nostra intelligenza: crescono silenziosi e segreti, e appena li avvertiamo sono già pesanti come pietre, e ormai è troppo tardi per trovare un rimedio, quando ci accorgiamo con malinconico stupore che non saremo mai più quelli di un tempo.

Oggi è facile fare i moralisti; i nostri erano anni in cui si doveva camminare in bilico su una corda tesa sopra grovigli di passioni, perché non si poteva essere né innocenti né spregiudicati. Altre erano le certezze: c'era l'assoluta convinzione che gli eterni e necessari valori umani si sarebbero diffusi con equilibrio e giustizia sulle nostre esistenze. Bastava volerlo. Sembrava che, al massimo entro qualche anno, la vecchia generazione avrebbe smobilitato, lasciando che il mondo venisse guidato da chi credeva di vedere le cose esattamente come erano.

Lei aveva la bellezza di una persona schiva, ombrosamente sensibile. Si muoveva con eleganza tra la gente che affollava la galleria, ma pareva infastidita, quasi cercasse di isolarsi e trovare un po' di solitudine per osservare e pensare. Non sapevo decidermi sul modo di avvicinarla. Continuavo a vagare come un sonnambulo, concentrato su me stesso mentre fingevo di guardare i quadri. Sarebbe potuto passare un secolo e sarei rimasto sempre nello stesso punto, senza sapere cosa fare: mi sembrava che, in ogni caso, avrei dato di me un'immagine goffa e senza stile. Proprio così: non si poteva essere né innocenti né spregiudicati.

Mi accorsi che i suoi due accompagnatori si erano separati da lei: quello mi parve il momento giusto per farmi avanti, inosservato, confondendomi tra la gente.

La bellezza attrae e seduce, ma non facilita l'incontro: crea differenze profonde e distanze spesso incolmabili. E io, più mi avvicinavo a quel fascino, più mi sentivo imbarazzato e impreparato ad affrontarlo. Aspettavo, inventavo alibi con me stesso, cercando un'occasione migliore. Poi, mentre continuavo ad elaborare una strategia dopo l'altra, in un attimo di distrazione mi ritrovai di fronte a un amico, e a lei. Quando la sua mano raggiunse la mia, mi sentii quasi gelare dalla paura: ebbi la precisa sensazione che da quell'istante avrei dovuto lottare per non perdere la sicurezza, la convinzione di essere padrone di immaginare, soltanto io, le meravigliose sorti della mia esistenza, senza dover condividere con altri le mie fantasie. La osservavo, incantato dal suo sorriso che improvvisamente mi aveva sfiorato come per comunicarmi che tutto stava procedendo bene. La sua personalità mi pareva il risultato di infiniti compromessi tra le sue emozioni e la sua intelligenza.

Quella notte il mio scetticismo si dileguò e l'entusiasmo spiccò il volo mentre guardavo il suo vestito bianco sparire dietro l'angolo di una calle, dov'era la sua casa, e ancora sentivo nel buio il rumore dei suoi passi, quasi mi volessero rassicurare che il sogno non era finito.

E così, ogni volta che ripenso a quegli anni, continuo ad immaginarla come l'incarnazione della bellezza che ha attraversato migliaia di vite nello splendore della giovinezza o nell'intensa luminosità del tramonto, quando io e lei pensavamo di essere una persona sola, quando speravo che non fosse più necessario distinguere il passato dal futuro, quando la vita era davvero un sogno.

Un incontro casuale può nascondere un'intensa bellezza che annuncia una spontanea e sincera intesa. Certo, ti puoi ingannare, ma non dimenticare che la bellezza possiede una sua verità fragile, incapace di resistere all'inganno e alle menzogne. Quando coltivi l'amore per i tuoi desideri e credi profondamente in ciò che desideri, è inutile fingere di essere quello che non sei, mentre è molto più importante raccontare le tue speranze e le tue debolezze, parlando di quello che veramente sei.

Così, quando ci affidiamo a chi amiamo e gli consegniamo noi stessi, dobbiamo rassegnarci a rimanere nella più estrema fragilità, e sarà solo l'amore per i nostri desideri a darci coraggio: il coraggio della debolezza. È proprio questo a restituirci alla vita con una bellezza davvero autentica: non quella del nostro corpo o del nostro mondo interiore, ma quella della persona nella sua complessità.

Mi sembrò che quell'amore, così immediato, fosse legato a un caso eccezionale: un irripetibile dono del destino. In realtà quell'estate trascorse in modo molto semplice. Di giorno era il mare il testimone dei nostri incontri. Quando ci trovammo la prima volta, soffiava un caldo vento di scirocco; rimanemmo a lungo a guardare. Il vento sulla riva del mare ha un significato ignoto alla pianura. Costruisce un palcoscenico mobile che può rappresentare l'infinito movimento della nascita e della morte: dilaga nella luce del mattino, vibra sulla distesa d'acqua e, come una lama, la taglia, disegnando vallate e colline; inventa figure, trasforma le immagini, scompiglia le cose. Poi, quando la calura offusca l'orizzonte e le distanze si accorciano, ricongiunge al cielo la cresta delle onde. Non è mai uguale, il vento, mai lascia riconoscere la sua corsa, diffonde suoni e voci confuse ma non estranee; sconvolge il mare e, quasi si dimenticasse della propria potenza, lo abbandona alla sua pace. Tutto è come prima, tutto ritorna come sempre. A noi, talvolta, capita di fare qualcosa, in apparenza senza nessun particolare significato, che invece segna il corso della nostra vita al punto da non poterla mai più modificare.

Quell'estate andavamo spesso a nuotare: era la nostra libertà, il nostro abbandono al trascorrere del tempo; e quando galleggiavo pigro sull'acqua, sparivano i ricordi, i pensieri, e anche la striscia di sabbia che appariva, in lontananza, sospesa tra il sole e l'acqua, diventava una bolla d'aria che all'improvviso poteva svanire. Sembrava impossibile che qualcuno potesse obbligarci a riflettere, a preoccuparci, a compiere un gesto che non fosse galleggiare sul mare. Ci asciugavamo, riposando all'ombra di fitti canneti, e avrei voluto che il destino mi lasciasse per sempre su quelle dune di sabbia, a guardare la vita attraverso i suoi capelli scompigliati dal vento.

Quasi incredulo che qualcuno si interessasse a me, mi concedevo di prolungare il mio sentimento di attesa di fronte a qualsiasi decisione: c'era lei; tutto il resto mi sembrava provvisorio perché pensavo che qualcosa di importante, prima o poi, mi sarebbe sempre potuto accadere. Un'illusione che l'estate, il mare, il sogno di un amore congiuravano per non smentire; una convinzione generata da un inconsapevole patto con il destino, innocente e superbo, che mi avrebbe garantito soltanto duri scontri con i miei desideri.

Ogni passo delle nostre lunghe camminate sulla diga che ripara il Lido dal mare mostrava come la mia ingenuità corrispondesse con precisione alla sua complessità. Subito avevo incominciato a credere che volesse prendere per sé tutte le mie insicurezze, come se in quella responsabilità potesse avvolgersi completamente per raggiungere il culmine del suo amore: era qualcosa, forse a lei stessa incomprensibile, che follemente desiderava. Quando avvertivo in quel senso di protezione una forza che irrompeva dentro di me per cambiare il mio indeciso e provvisorio rapporto con la vita, mi ritraevo quasi d'istinto, prevedendo una minaccia, non una protezione. Ma non sarei mai riuscito a impormi sul suo carattere, e così, alla fine, mi abbandonavo alla sua guida, constatando che risolveva magicamente tutti i miei problemi con il mondo.

E l'estate, il mare, la dolcezza del tempo che scorre

senza obblighi, le infinite distrazioni vissute con l'impegno che si riserva alle cose serie, rendevano provvisoria ogni riflessione. Nessuna decisione durava più a lungo di un sospiro, e ogni dubbio veniva revocato dalle notti calde e umide che confondevano i contorni della realtà, lasciando immaginare con promesse di felicità ciò che forse non sarebbe mai potuto accadere.

In quegli anni Venezia non viveva addormentata nella sua incantata bellezza: oggi le sue pietre perfette, gli splendidi scenari di ogni suo angolo – testimoni di spiriti geniali di una storia passata – sembrano rifiutare anche il più umile gesto di una rinata creatività. Una bellezza che affascina ma respinge chi sente il bisogno di lasciare un segno della propria presenza e del proprio amore per la città sull'acqua.

Ti sarai accorta, con la tua sensibilità di artista, che il bello e il brutto di una città non riguardano soltanto le architetture delle piazze, delle chiese, dei palazzi, ma anche il modo in cui gli uomini pensano, vogliono, sperano di vivere in questo mondo. Nessuno comprende più che si deve avere anche una responsabilità politica di fronte alla bellezza: oggi innalziamo con orgoglio centrali nucleari affascinanti e misteriose come potevano essere per un uomo del Medioevo le cattedrali gotiche, costruiamo aeroporti fantascientifici, carichi di quella inquietante magia che possedevano un tempo le ricerche alchemiche delle sette segrete o gli esperimenti di Leonardo da Vinci. Eppure viviamo in città devastate, in desolate periferie urbane, orribili e per questo violente. La bellezza è moralità: gli spazi pubblici degradati, brutti, sono i segni di un'immorale assenza della bellezza. Ma la bellezza deve essere vivente, progettuale, capace di esprimere le tensioni e le speranze del presente. Diversamente, rimane relegata nei ricordi e nella memoria di una grandezza artistica ormai perduta: come Venezia, che non riesci mai a capire se sia una città o un sogno di perfezione.

Di sera Venezia, a quel tempo, apriva le porte delle sue sale, delle sue gallerie, offrendosi a una vitalità che presto si spense con gli entusiasmi dei nostri vent'anni. C'era la nuova pittura, la nuova musica, il nuovo cinema: tutto il nuovo che si poteva immaginare, e tanta voglia di incontrarsi in ogni occasione in cui si potevano raccogliere le speranze di allora, quando lo stile, l'intelligenza, l'eleganza, la stessa buona educazione e un sensato progetto di lavoro contavano molto più del denaro.

Non avevo nessuna vera ambizione, quell'ambizione che, quando si è giovani, concentra l'attenzione su un'idea da realizzare, tanto che diventa quasi naturale sacrificare ad essa tutto il resto. Avevo da poco incominciato a insegnare, ma consideravo quello un lavoro assolutamente provvisorio: non che avessi grandi prospettive, soltanto molte stravaganze. E a lei le raccontavo come se fossero state le cose più serie di questo mondo. Così, ogni occasione, anche la più semplice, diventava il pretesto per un sogno che rimandava a un altro sogno e ancora a un altro, costruendo una catena infinita di avventure della fantasia senza capo né coda. Una sottile vernice sul nulla, molto innocente, molto divertente. E lei mi era complice, con un'allegria sincera, trascinante, perché c'era l'estate che teneva in sospeso tutto ciò in cui la vita obbliga alla responsabilità. Si poteva rinviare ogni decisione; ci sentivamo eterni e liberi dal futuro.

Anche la politica rimaneva esclusa dai nostri discorsi, non per disinteresse, ma, al contrario, per un bisogno di prolungare il tempo della nostra festa.

Erano anni di grande impegno, e tutto finiva per essere interpretato politicamente: un vero contagio collettivo che avrebbe mietuto, proprio fra noi, tante vittime.

Io e lei ci eravamo ritagliati un piccolo spazio ideale: là dentro sembrava più facile incominciare a conoscerci e imparare a guardare il mondo con gli stessi occhi. Vedevamo le cose di sempre: scorrevano semplici davanti a noi come l'eterna e immutabile corrente di un fiume. E poi, lentamente, si trasformavano, animandosi di un'altra verità.

C'è una bellezza sconosciuta che si coglie quando ciò che è vecchio e in apparenza ormai privo di valore viene ancora interrogato e riscoperto insieme a chi ci è vicino, capace di stabilire con noi una silenziosa, spontanea intesa. L'amore vive in questa facilità di meravigliarsi insieme.

Il senso critico, che dà spessore a una storia privata, e quella lieve ironia, che non lascia offuscare le proporzioni della realtà, erano spariti, sommersi dall'ondata di emozioni che ci aveva travolti. L'incantesimo, invece di svelarsi, cresceva giorno dopo giorno, e tutta la vita incominciò ad essere misurata con il metro della mia nuova passione. Desideri, progetti... ogni cosa pareva annullarsi nel fatidico mare «vivere insieme», e finalmente anch'io mi allineavo al generale entusiasmo della mia generazione, sgombrando il terreno dalle incertezze e dai dubbi personali, nati da qualche riflessione che deviava dalla grande corrente del pensiero collettivo.

Dal lato della laguna che guarda verso Murano e l'isola di San Michele, le Fondamente di Venezia disegnano un lieve arco. In questa insenatura l'acqua sembra sottrarsi al movimento ondoso provocato dalle barche, quasi volesse formare uno specchio nitido, fedele, per consentire al magnifico giardino cinquecentesco del Contarini e al Casino degli Spiriti di continuare ad ammirare di riflesso la propria immagine nella bellezza della scenografia veneziana. Tornavo a casa tra penombre incantate, tagliate dal chiarore della luna, e pensavo che quello splendore, quel cielo stellato adesso mi venivano restituiti, dopo che da troppo tempo, forse un'eternità, mi erano stati portati via. Avevo chiuso il libro solenne della malinconia: lunghe pagine di molte incomprensioni e di qualche fallimento, ed ero entrato nel sensuale turbinio della vita. Anche i sogni, ora, erano promesse mantenute, e infiniti misteri rivelavano con semplicità il loro segreto. Risalivo il corso della mia esistenza attraverso i bagliori delle sue speranze e delle sue lusinghe, e la giovinezza mi pareva un gioco chiassoso, che stabiliva, nello stesso modo per tutti e con le stesse garanzie di successo, il bene e il male, il vero e il falso, per trovare alla fine la sua pace nell'angolo dell'amore: sì, l'amore era davvero mio, ma spaventosamente simile a quello di tutti gli altri amici del tempo.

Una notte, mentre il calore si riversava dalle mie finestre nella mia camera da letto e le falene, dopo un breve e lento volo, sostavano quasi appoggiandosi sulla densa umidità dell'aria, lottai lunghe ore per cercare di sottrarmi alla verità di parole familiari che mi ammonivano a non perdermi nella personalità di un altro, uomo o donna che fosse.

Luglio fu assalito da giornate ribollenti. Il cielo era bianco, soffocato dalla calura. Il mare rimaneva immobile, senza un'ombra di luce mossa dal vento. Aveva dimenticato tutta la sua potenza e la sua profondità, ma anche così, appesantito e stanco, riusciva a serbare i suoi ricordi più fedelmente della terra. All'improvviso, di sera, scoppiò un temporale violento e di poca durata. I suoi lampi si spegnevano, e mentre si allontanava portando con sé un vento leggero, che si disperdeva tra le calli, i canali e i tetti delle case, ci fu ancora un ultimo tuono. Esplose, e un guizzo di luce illuminò i nostri corpi, vicini. Una linea argentata, illusoria e perfetta, contornò i volti e le mani, e così sottratti, per un attimo, al buio della realtà, potevamo sembrare abitanti di un altro mondo, come se, anche a noi, venisse riconosciuto il diritto di appartenere all'incantesimo di una favola, almeno per una volta nella vita.

Eravamo ospiti da qualche settimana in una casa sulla laguna di Grado. Ne sono rimaste poche di queste costruzioni massicce che si appoggiano pesanti su esili strisce di terra, isole circondate dai canneti e dalle piante del timo e della lavanda. «Casoni» vengono chiamate da quelle parti: solitari baluardi di una civiltà passata che continua a vivere nella memoria della gente. Il vento è incessante, rimbalza sulle mura scrostate delle case, piega le canne, intreccia il timo e la lavanda, solleva una strana energia, sconosciuta al morbido torpore della laguna di Venezia. Qui la natura è selvaggia, non ha mai dovuto gareggiare con la bellezza creata dall'uomo, con i palazzi, con le chiese che sorgono dall'acqua. Sprofondata nella solitudine e nel silenzio, la laguna di Grado guarda il mare come una presenza minacciosa, in agguato, pronto a invaderla e a riprendersi le sue isole, piatte e leggere sullo specchio dell'acqua, formate col tempo da un bizzarro gioco di correnti, dalla sabbia e dai sassi trascinati dal fiume. La gente della laguna rispetta con devozione questa arcaica bellezza vivente delle sue terre umide, sommerse dal timo e dalla lavanda, quasi volesse proteggere quel rapporto d'amore con la natura dimenticato dalla civiltà moderna, che con ipocrita rapidità si pente del suo oblio non appena la violenza contro l'ambiente aggredisce gli stessi violentatori.

Sapeva disegnare straordinariamente bene, e questa abilità le avrebbe concesso il raro privilegio di lavorare usando il proprio talento e la propria vocazione.

La casa sull'isola aveva una piccola terrazza sospesa sulla laguna, avvolta dall'ombra frastagliata di un salice. Lei trascorreva là molte ore della giornata, a ritrarre e a tracciare schizzi. Il gesto della mano, rapido, preciso, non mostrava mai incertezze: erano sufficienti alcuni segni della matita perché l'immagine apparisse con una perfetta essenzialità.

Il suo polso si muoveva con un ritmo, come se assecondasse una melodia interiore. Quasi senza accorgermi, non riuscivo a distogliere gli occhi da lei: guardavo la curva del collo che scendeva fino alle spalle quando chinava la testa o la rialzava per osservare un po' a distanza il suo disegno; guardavo i capelli annodati sulla nuca che il vento lentamente scioglieva, lasciandoli cadere, liberi, sulla fronte e le guance.

Da poco lavorava per una grande sartoria e, anche se a quel tempo il mondo della moda non aveva l'importanza di oggi, l'impiego era prestigioso, e lei lo affrontava con grande entusiasmo. Spesso portava con sé un album da disegno, che era diventato quasi una parte del suo corpo, pronto ad accogliere le sue intuizioni. Qualche tratto di matita, e appariva un abito, il dettaglio di una giacca... poi girava il foglio e, forse per riposare la sua immaginazione, cominciava a ritrarre le cose che la circondavano, cercando la perfezione. Se pensava di non averla raggiunta, continuava a riprodurre lo stesso soggetto. A volte non sollevava lo sguardo per lungo tempo, come se la sua memoria avesse registrato esattamente ciò che intendeva disegnare. Rialzava gli occhi, fissava, quasi fosse in uno stato d'incoscienza, l'increspatura dell'acqua o il profilo lontano di un'isola, e riprendeva con lo schizzo di un vestito, di una camicia.

Ricordo un giorno. Si era riscossa come da un torpore nell'udire il rumore di una barca che si avvicinava alla nostra casa. Ogni volta che stava per raggiungere l'approdo, la corrente la trascinava lontano, costringendo chi era a bordo a una nuova manovra. Quando accorsi per cercare di facilitare l'attracco della barca al pontile della casa, lei era protesa verso il vuoto; il corpo oscillava sospeso sull'acqua, e la mano, esile, elegante, mentre cercava di raggiungere quella del nostro ospite, sembrava uno stelo mosso dal vento. Avevo paura che volasse via con il suo vestito bianco che si confondeva con la luce abbagliante del giorno; temevo che i suoi capelli rossi che ormai sfioravano l'acqua finissero giù, a galleggiare come materia fosforescente. Ma non mi mossi: rimasi incantato a guardarla, mentre lentamente la barca scivolava via, sospinta dalla corrente.

Un nuovo colpo di remi la fece riavvicinare, e questa volta la barca non ci sfuggì. Per aiutare a legarla, io e lei rimanemmo qualche minuto in bilico tra il pontile e la scaletta che scendeva nell'acqua. Il suo equilibrio era ancora più precario del mio, perché teneva tra le mani l'album da disegno, con un gesto di protezione che oltrepassava il valore dell'oggetto: sembrava che là dentro fossero custoditi tutto il suo mondo privato e il segreto dei suoi progetti futuri.

Mi voltai in modo brusco per ritrovare una posizione sicura; la urtai; lei riuscì ad afferrare un appiglio e a non scivolare, ma l'album le sfuggì di mano: rotolò sugli scalini, rimbalzò sul fianco della barca, e cadde nell'acqua. Galleggiò per qualche istante, poi lentamente cominciò a sprofondare. Ma non era impossibile prenderlo: scesi di nuovo i gradini, pensando che anche bagnato potesse comunque esserle utile. Avrei fatto qualsiasi cosa pur di salvarlo, consapevole del valore che aveva per lei e mortificato per tanta maldestra disattenzione. «Non ha nessuna importanza» mi disse con molta calma per fermare ogni mia iniziativa.

Era rimasta imperturbabile, controllando con lucidità il proprio stato d'animo che non tradiva alcuna emozione, come se nell'acqua fosse finito il sasso più insignificante. La osservavo sorpreso, mentre ancora cercavo di scusarmi. Quella fragilità affascinante, che avevo ammirato mentre il suo corpo era sospeso sul vuoto nel tentativo di trattenere la barca, era perfettamente bilanciata da un freddo potere della sua volontà. La sua anima esprimeva dolcezza, quasi un desiderio di protezione, eppure poteva essere capace di una resistenza incrollabile, sapientemente ostile e pericolosa. Mi ripeteva che non dovevo sentirmi responsabile di nulla, ma la sua calma servì soltanto a lasciare intatto il mio senso di colpa.

In quell'estate in cui non si doveva essere stanchi per niente, in cui era più semplice recitare la propria commedia che assistere a quella degli altri, a impegnarci fu soltanto una visita inattesa. Da qualche giorno, con fare circospetto e curioso, un gatto si avvicinava alla casa, ci girava intorno, e poi spariva. Veniva a trovarci con regolarità, sempre verso sera: gli lasciavamo una scodella con un po' di pane e latte, che annusava appena. Non riuscivamo a capire cosa volesse, perché verso di noi mostrava molta indifferenza, mentre era attento a scrutare tutti gli angoli del giardino. Non si lasciava mai prendere, e solo a fatica potevamo sfiorare il suo bel pelo grigio. Aveva grandi occhi gialli, mobili, vivacissimi; elegante, con movimenti rapidi e sempre ben calcolati, sembrava che venisse per controllare il suo territorio e assicurarsi che fosse rispettata la propria idea di ordine.

Ormai attendevamo il suo arrivo come una qualsiasi abitudine quotidiana, e mai venivamo delusi: era metodico, quasi puntuale, e da noi continuava a non volere niente. Non annusava neppure più la scodella col latte e, se soltanto ci avvicinavamo, scappava via come un animale selvatico.

Poi un giorno sparì. Non rinunciammo ad aspettarlo ogni sera, sempre più preoccupati per la sua sorte, sperando che gli fosse capitata chissà quale avventura e che prima o poi sarebbe tornato puntuale a farci visita, con il suo passo altero, con il muso che fiutava la terra o che alzava con un gesto di sfida contro il sole, anche se i suoi occhi semichiusi mal lo sopportavano.

Una mattina lo trovammo, in un angolo riparato del giardino, là dove le siepi formano un arco basso e profondo. Stava sdraiato su un fianco, la testa abbandonata nell'erba rada. Sentì il rumore dei passi, annusò nell'aria la nostra presenza, e solo dopo qualche istante aprì i grandi occhi gialli: avevano perso la lucentezza e la vivacità di quando veniva a farci visita al tramonto. Non manifestava nessuna curiosità per quanto accadeva intorno a lui, e neppure si mosse, sicuro che mai lo avremmo importunato mentre allattava i suoi quattro gattini.

Il giorno successivo ne trovammo tre morti, mentre quello sopravvissuto si affannava a succhiare il latte dalla madre. Si capiva che c'era qualcosa di anormale, che forse la gatta non aveva abbastanza latte: sembrava quasi che si sentisse colpevole. Di tanto in tanto, con un movimento automatico della zampa, lo allontanava dal suo corpo, come se volesse costringerlo ad andare a cercarsi altrove il cibo. Fu così che, con la sospettosa condiscendenza della madre, incominciammo a prenderci cura del cucciolo.

Facevo del mio meglio, ma in breve tempo mi dimostrai inadeguato al compito (questo, almeno, era il suo parere): così si assunse lei ogni responsabilità, e io venni estromesso.

È vero che non possiamo mai sapere esattamente quanto spazio occupiamo nella vita di qualcuno; tuttavia, una conoscenza approssimativa dovremmo comunque possederla, se desideriamo avere un rapporto con questa persona. Una circostanza tanto banale, come l'allattamento di un povero gattino, aveva dimostrato tutta la mia insicurezza di fronte a lei e quanto poco credessi in me stesso. Ero riuscito perfino a essere geloso di un gatto e a vivere come una ossessione il suo allevamento. La salvezza del cucciolo divenne per lei una missione a cui dedicare ogni energia. Lo curava, lo puliva, cercava di intuire le sue esigenze, si preoccupava per la minima, imprevista reazione. Quando capiva che la situazione era sotto controllo, si divertiva a ritrarlo sul suo album da disegno.

Mi sembrava che escludesse dal suo mondo qualsiasi altro motivo di attenzione, e io mi sentivo un ingranaggio di modesta importanza al servizio della sua missione. Coccolava il disagio di quella bestiola come un modo per affermare la propria volontà, e mi era sorto il sospetto che le interessasse più coltivare la sua totale dedizione per il gatto che salvarlo.

Fu in quei giorni che mi accorsi di quanto amore – assoluto, avvolgente, incondizionato – fosse capace. Potevo sentirmi intimidito, quasi impaurito di fronte alla sua passione che non lasciava spazio alla semplicità, alla frivolezza. Manifestava sempre un profondo senso del dovere con grande fierezza, sia per le piccole sia per le grandi cose: nei sacrifici e nelle rinunce, che riteneva inevitabili per portare a termine il suo compito, era straordinariamente forte. Coinvolgeva nel suo progetto, ma escludeva gli affetti e gli stati d'animo che non potevano rientrare in esso.

C'è sempre stata una bellezza dell'equilibrio, ma anche una bellezza della dedizione totale a una causa. Non devi credere che si debba decidere per l'una o per l'altra. L'armonia e l'ordine appartengono a un carattere, non a un principio astratto che regola il corso della vita.

Io ammiro quella dedizione, quella unilateralità che non ammette nulla che non rientri nel progetto fondamentale in cui si impegna tutta un'esistenza.

Vedi intorno a te artisti completamente coinvolti dalla propria opera e dal desiderio di affermarsi al punto da essere disposti a sacrificare qualsiasi altro piacere, qualsiasi affetto. Puoi incontrare scienziati assorbiti dalla loro ricerca, interessati ossessivamente al loro lavoro, a quello e a nient'altro.

Ma io preferisco la bellezza dell'equilibrio, della curiosità per la varietà del mondo. E sono affascinato da chi riesce ad essere poeta e scienziato, filosofo e romanziere: come Goethe, che non si sa mai come definire. Certo, il rischio è il dilettantismo, la superficialità; tuttavia il professionista che non vuole vedere al di là del suo mestiere, in cui può anche eccellere, che ha paura di confrontarsi con altre esperienze, si perde la bellezza dell'orizzonte infinito del mondo.

Non riuscivo ad accettare il lato complicato della vita: capivo, naturalmente, che era impossibile eliminarlo, ma non mi rassegnavo al fatto di doverlo affrontare.

Si può essere felici? È naturale cercare di esserlo, ma è anche una prepotenza verso se stessi e verso chi ci sta vicino imporre il proprio ideale di felicità. Così non sapevo decidere; ogni scelta rappresentava un problema che era preferibile evitare e, alla fine, mi rimaneva soltanto la sensazione di non trattenere nulla e che tutto scivolava via da me.

Spesso vivevo questa indecisione come se mi assalisse un incubo, durante una notte agitata, quando sogni di allungare la mano per afferrare un oggetto importante, di cui hai assolutamente bisogno: ma il braccio è pesante, si distende lentissimo, e ti sembra di fare una fatica inumana. Poi, nel momento in cui stai finalmente per toccare ciò che desideri, questo ti sfugge e nulla ti resta più in mano.

Così avevo incominciato a credere che il destino mi avesse fatto incontrare lei proprio perché era molto diversa da me e aveva la capacità di dissipare quell'incubo. Ammiravo la forza della sua anima che sembrava accettare con ironia di essere prigioniera di un corpo molto fragile, esile, con il capo sempre un po' inclinato e trattenuto dalla mano, come se il collo, che si staccava simile allo stelo di un fiore, non riuscisse a sostenere il peso della corolla. Era molto sicura dei suoi desideri: per lei, la vita era davvero un attimo e molta decisione.

Eravamo giovani, seriamente impegnati a costruire un mondo che contenesse tutto il meglio che la nostra immaginazione poteva suggerirci. Nell'esecuzione di quest'opera avevamo compiti diversi: mi sembrava giusto, soprattutto mi sembrava molto naturale. Avevo sempre sognato di stabilire con una donna un equilibrio perfetto. L'armonia si ha tra parti uguali che si corrispondono; non può realizzarsi nella solitudine, nell'assenza dell'altro. Pensavo che il nostro amore raggiungesse la bellezza dell'equilibrio: qualcosa che desideravo, ma che mai avevo vissuto. Avevo conosciuto amori sempre sbilanciati: o come possesso, o come libertà.

Il possesso sottomette, fino ad annullare o umiliare chi ci è vicino: questo si comprende facilmente. Più difficile capire l'illusione della libertà in amore. Si vuole la libertà per escludere un sentiero della vita che potrebbe essere percorso insieme: ci si accorda che per quella strada si va avanti da soli, che certe esperienze non sono condivisibili. La libertà in amore è una forma di sofisticato egoismo, molto intellettuale ma, nella sostanza, poco diverso dal possesso.

Raggiungere un perfetto equilibrio stellare: questo dovrebbe essere il vero sogno di ogni grande amore. In realtà, durante il cammino siamo sempre un po' più avanti o un po' più indietro rispetto a chi è con noi. Certo, con il buon senso e molta semplicità possiamo tornare alla pari, ma dobbiamo sapere a che punto ci troviamo ad ogni passo. Allora, io non volevo chiedermi se mi stessi perdendo nella sua personalità, e preferivo credere che i compiti nella costruzione del nostro mondo fossero esattamente suddivisi in parti uguali.

Il culmine dell'estate veniva celebrato con una grande festa di barche sulla laguna, che iniziava al tramonto e durava fino al mattino. L'acqua diventava un teatro che accoglieva la recita di una vecchia tradizione popolare, vissuta ancora con amore e allegra partecipazione dalla gente.

La festa veniva organizzata meticolosamente: c'era un percorso da seguire, le barche dovevano essere addobbate con ogni sorta di illuminazione, in modo che fossero visibili anche per chi rimaneva sulla riva a guardare, mentre la musica e i cori erano diffusi da una grande galleggiante che scivolava su e giù sulla laguna, senza sosta. Ma le regole erano sempre provvisorie, perché, non appena esplodeva l'entusiasmo, tutto veniva trascinato in un divertente ed eccitato disordine.

C'era nell'aria una gioia particolare, quasi una corsa frenetica per accaparrarsi il piacere di vivere: dopo quella festa sapevamo che l'estate avrebbe incominciato a declinare, e quella era l'ultima occasione per inventarsi progetti o concludere quelli iniziati.

Per partecipare era necessario possedere o noleggiare una barca, illuminarla e mascherarla. Oppure bisognava cercare ospitalità in quella di amici. Volevo fare con lei bella figura, e avevo dovuto scartare la prima ipotesi, essendo troppo impacciato con i remi e i motori. Era inutile rischiare, anche perché non mi era stato difficile trovare un amico, esperto vogatore, proprietario di un tipo di barca che a Venezia chiamano «caorlina»: comoda e sicura, pur nell'impressionante confusione che si sarebbe creata in laguna durante la festa.

Ma lei preferì rimanere con me sulla riva, e guardare da un luogo tranquillo. Una decisione che mi sorprese, perché non aveva mai cercato, nei momenti di svago, di isolarsi con me; viveva l'intimità come un fatto profondo, molto serio, da non confondere con le occasioni di festa, di gioia, di distrazione. Anzi, in queste circostanze la compagnia di molte persone rendeva più semplice e allegro il suo rapporto con me, e anche la sua riservatezza, mai esagerata, si dissolveva tra i sorrisi della gente, come se possedesse una magica trasparenza che le permetteva di attraversare i loro corpi e il senso dei loro discorsi. Da sola, con me, le sue parole diventavano misurate, erano scelte con precisione; la sua interiorità appariva tormentata, pronta a cogliere la minima variazione di un'emozione o di un pensiero.

Così rimanemmo sulla riva; la laguna si distendeva davanti a noi e illuminava con i suoi bagliori Venezia. Sull'acqua galleggiavano le luci delle barche, disegnando nel buio della notte imprevedibili geroglifici che si disfavano e si ricomponevano con forme sempre nuove, assecondando dolcemente il ritmo delle onde. Noi eravamo lontani dalla gente. La musica ci giungeva debole, quasi un'eco soffocata, che non poteva rompere l'incanto di quella solitudine in cui noi sembravamo confusi fantasmi.

Qualcosa le cadde di mano; accesi un fiammifero, ma fu il suo volto a illuminarsi per qualche istante, come un pallido folletto su un palcoscenico deserto. La sua immagine mi sembrò così stranamente familiare, sempre conosciuta, eternamente vicina: fin da allora il passato mi pareva incredibile, contraddittorio, e anche adesso non riesco a raffigurarlo a me stesso come una cosa vera.

Ci eravamo fermati sul bordo delle Fondamente. Il selciato era sconnesso e formava un'ansa comoda per sedersi. Lei si strinse a me con una dolce arrendevolezza che non avevo mai incontrato; sentivo svanire il suo silenzioso potere su di me, e dissolversi quel lucido distacco con cui sapientemente evitava il coinvolgimento emotivo. La sua mano mi accarezzava con amore, e la bellezza di quel contatto era più profonda e più vera della bellezza che si poteva godere con gli occhi.

Anche la sensualità ha una sua stravaganza: per avvolgerci con tutto il suo calore, le è sufficiente la semplicità della tenerezza. Gesti d'amore spontanei e infantili con cui la passione conserva la sua raffinatezza; sempre gli stessi gesti come cento, mille anni fa, per donarci all'amore senza paura, inconsapevoli della vergogna, innocenti di fronte ai precetti morali. Il mondo sparisce; non rimane nulla se non la bellezza e la complicità di due corpi che si cercano, liberi ormai dall'oppressione della volontà, ostinata avversaria al fluire della vita. Il sesso non è che un contatto, il più profondo; non è che conoscenza, la più intima; e stringe almeno per qualche lungo momento un'alleanza sicura contro le divisioni della terra.

E poi ci lascerà la giovinezza, non quella anagrafica, ma quella che vive della fantasia e del piacere che sa rinnovarsi. Tante volte abbiamo desiderato di liberarci dalla solitudine. Pensiamo sia sufficiente volerlo; e così ci mescoliamo tra la gente e non rinunciamo alle occasioni d'incontro. Ma la volontà non serve a nulla, e ci illude sulle nostre capacità. Bisogna essere disposti ad attendere: poi, all'improvviso, accade qualcosa; dobbiamo saperlo riconoscere come ciò che aspettavamo da tempo e che ora siamo pronti ad accogliere. La solitudine più malinconica, il vuoto più angosciante svaniranno semplicemente con una carezza, con un sorriso.

Quante volte ti avranno ripetuto che solo tu puoi essere padrona della tua storia, e non devi subire le vicende della vita, ma intervenire e renderti signora del tuo futuro. E allora ti avranno suggerito di non credere al destino, perché è uno sciocco e superstizioso imbroglio di maghi e di astrologi. Non è così: se ami il tuo destino ritrovi l'equilibrio tra la tua esistenza, piccola e limitata, e le misteriose leggi dell'universo, e riuscirai a sentirti in pace con te stessa.

Il fragore dei fuochi d'artificio rovinò il nostro incanto. Il boato che giungeva a intervalli irregolari e ossessivi spaventò i gabbiani, che rimanevano alti in volo, come impazziti, e non osavano tornare a posarsi sull'acqua o sulla riva. Una lunga scia luminosa tagliava il cielo, segnava il percorso del razzo che sarebbe esploso entro qualche istante, liberando luci colorate che precipitavano nell'oscurità, profanando le armonie naturali delle ombre notturne. Un vaporetto, addobbato con festoni e palloncini scintillanti, prese ad andare avanti e indietro nel bacino di San Marco, accompagnato dal frastuono della sua orchestra che suonava canzoni americane, violando l'atmosfera antica della laguna.

Ma ormai lo spirito di quella festa era andato perduto. Il decoro e lo stile con cui si ricorda una tradizione erano svaniti: rimaneva soltanto una gioiosa celebrazione del cattivo gusto. Da quella sconcezza noi ci riparavamo all'interno di uno spazio che il nostro amore era riuscito a circoscrivere, e per una notte potevamo credere che proprio là avesse abitato la bellezza.

Di mattina una nebbia sottile si appoggia sull'acqua, ed è molto lenta nel risalire. Confonde i colori e avvolge ogni essere con un tenue velo cilestrino. Quasi sospinto da una forza invisibile, il mare si ritira, lasciando scoperta una striscia di sabbia larga e grigia. L'estate si allontanava, portandosi via il suo equipaggio di sentimenti che ogni anno riversa puntuale sul mondo dei giovani, impegnandoli a rivoluzionare le loro abitudini e a non trascurare il minimo dettaglio per non perdere la grande occasione, qualunque essa sia. E quello che l'estate è disposta a lasciare sulle sponde dell'autunno, perché non svanisca come un bel sogno, deve adeguarsi alla nuova realtà.

E così all'inizio ci parve strano, anche difficile, trovare un ordine, dare un altro equilibrio alla quotidianità e regolare il ritmo del nostro amore con quello imposto dagli obblighi di una giornata normale. Era come riscoprire in un cassetto vecchie abitudini che l'estate ci aveva fatto accantonare. Ma da quel cassetto uscivano anche passioni fedeli, nate sui banchi di scuola, che avevano iniziato a orientare il senso della nostra vita: l'amore per la poesia, gli studi per carpire i segreti della grande letteratura. Si comincia a adorare Leopardi e Montale, e poi ci si rassegna a dare lezioni private a qualche studente che non riuscirà mai a comprendere la bellezza di Leopardi e Montale.

Ma io continuavo a sognare; e sognando, sognando ad occhi aperti, provavo e riprovavo a scrivere le mie poesie e i miei racconti, cercavo di migliorarmi, nella speranza che qualcuno, un giorno, mi avrebbe letto.

Per lei era diverso: l'album da disegno che portava sempre con sé era l'immagine serena della continuità tra la nostra estate e il suo lavoro. Mi raccontava dei preparativi per la nuova collezione di moda, delle sfilate, dei litigi tra le indossatrici. Ascoltavo divertito, e il suo entusiasmo contagioso mi faceva sentir bene. Mi portava per mano dentro un mondo molto lontano dal mio, pieno di una stravagante bellezza che restituiva alla vita un'impalpabile leggerezza.

Stanze invase da luci artificiali che si mescolavano al chiarore naturale, producendo uno sgradevole effetto allucinante; tinte forti e dissonanti alle pareti; mobili dalle forme fantasiose, apparentemente inservibili; chiasso ovunque e musica diffusa ad alto volume; il gusto dell'eccesso in ogni angolo, anche nel più appartato: così mi era apparso il tempio della moda quando, un giorno, mi trovai là ad aspettarla.

Mi ero seduto in disparte, circondato da montagne di vestiti e di stoffe che in quel disordine potevano essere stati dimenticati da anni. Mi accorsi che uno strano gioco di specchi, disposti di fronte a me come le quinte di una scena teatrale, mi avrebbe permesso di osservare da una postazione strategica tutto quello che mi accadeva intorno: dovevo soltanto spostarne uno. Non appena capii che nessuno poteva vedermi, con un piacere malizioso orientai lo specchio nella direzione giusta. Ragazze quasi nude, magrissime, senza seno, mi passavano rapidamente davanti, alte, con le gambe che neppure sembravano staccarsi dal bacino tanto questo era stretto. Il volto pallido, inespressivo, privo di trucco; i capelli ricadevano sciattamente sulle spalle; qualcuna aveva la pelle rovinata, quasi invecchiata. Indossavano vestaglie, abiti molto semplici; e si abbandonavano sul divano in modo sguaiato: le gambe scomposte, la voce alta, risate fragorose, villane, senza nessuna sensualità e prive di qualsiasi bellezza.

Dalla parte opposta della stanza si poteva scorgere la passerella: alcune ragazze facevano le prove per la sfilata, indossando abiti improbabili e bizzarri, ricchi di una originalità che non avrebbe mai potuto soddisfare il gusto comune. Erano truccate alla perfezione, ogni particolare veniva curato magistralmente; i movimenti eleganti, studiati, seducevano chi le osservava: erano le «modelle», immagini di sensualità e di bellezza costruite con abili artifici per trasformare la natura in una maschera e la finzione in realtà.

Il suo braccio si strinse intorno al mio, mentre camminavamo nella sera, accompagnati dal rumore dei passi che rimbalzava tra le pareti delle case nelle strette calli di Venezia. L'aria fresca e umida mi riportava nella mia realtà, spegnendo le luci bugiarde, brillanti, colorate di quell'altra realtà costruita con le immagini inebrianti ed effimere della moda. Ci sentivamo vicini, senza bisogno di parlare: il suo corpo accanto al mio, con semplicità e naturalezza.

C'è una bellezza della semplicità: la puoi vivere quando sai riconoscerti come un essere elementare, come la creatura di un mondo essenziale, che possiede lo splendore delle cose naturali, come un minerale, un fiore, un gabbiano: perfetti, senza il bisogno della fantasia umana per migliorare la loro immagine. La puoi vivere quando credi in qualcosa, in una forza che oltrepassa la tua volontà individuale e ti mette in sintonia con quell'anonima energia dell'esistenza che regola il flusso delle maree, il respiro dei venti, l'alternanza delle stagioni. Basta alzare gli occhi verso il cielo in una notte di stelle per capire da quella bellezza che noi apparteniamo all'infinito e all'eterno. La pace, la voluttà, la bellezza irrompono nella vita quando incontri l'autenticità e ami il tuo destino.

In quell'autunno precoce, che aveva spazzato via le luminose illusioni dell'estate, anche Venezia pareva spegnersi nella sua nebbia. Era difficile ritrovare realmente noi stessi. Eravamo insieme; ma la gente, il lavoro, gli amici incrinavano quell'unione che l'estate ci aveva promesso. Sembrava che le nostre emozioni non ci toccassero più direttamente, che le nostre parole dovessero compiere un lungo e tortuoso percorso prima di raggiungerci, disperdendo la loro intensità. I giorni di festa arrivavano insignificanti, quasi per ricordarmi che, quando si incomincia a provare noia anche per le semplici ricorrenze, è meglio rischiare la solitudine ed essere intransigenti soltanto con se stessi. Mi sentivo inconcludente, mai in pace: ero davvero pronto a rovinarmi con la mia inquietudine. Giorno dopo giorno cementavo la mia solitudine che si stringeva come un cerchio intorno a me separandomi dal mondo, ma lasciando vivere i miei sogni.

Seduto in vaporetto, guardavo la schiuma dell'acqua che rotolava sotto la chiglia, ed era come se anche Venezia scivolasse via da me. Lei era rimasta in silenzio, ma io ero certo che non aveva creduto a nessuna delle parole con cui le spiegavo il mio stato d'animo e le mie intenzioni. Aveva imparato a conoscermi bene, e considerava un dovere della sua intelligenza comprendere veramente ciò che desideravo, ciò che non volevo, al di là di quanto dichiarassero le mie parole.

Mi si avvicinò e appoggiò il viso alla mia spalla, rimanendo così per qualche istante: non poteva sopportare la sofferenza che c'era nella mia voce senza riuscire a far nulla.

Quando scesi dal vaporetto, la città era come caduta in una immobilità di morte: uno spazio ineguagliabile e immenso, ma senza tempo; una bellezza grandiosa, perfetta, ma senza l'imprevedibilità della vita. Avevo davvero la superbia di poter essere infedele a me stesso, tradire ciò che è autentico, preferire al sublime un volubile gioco di banalità, quasi fosse l'unico rimedio alla noia? Era difficile arrendersi alla monotonia dell'esistenza che l'autunno ci portava come suo contrassegno; era faticoso accettare i piccoli riti della quotidianità che soffocano entusiasmi e aspirazioni. Ma quali fossero, con precisione, questi miei grandi progetti, neppure io riuscivo a saperlo: sì, evitare che un giorno si ripetesse identico all'altro, impigrendo la fantasia, affievolendo i desideri... Avrei voluto che una mano mi afferrasse e, sollevandomi verso l'alto, lasciasse le mie ansie, le mie insoddisfazioni, sulla terra, e mi consegnasse, come un tesoro di inestimabile valore, la forza per credere nelle cose che facevo, anche se erano semplici e senza importanza. Solo così avrei avuto più fiducia nel suo amore, avrei apprezzato la sua discrezione e la sua sincera attenzione per la volubilità del mio stato d'animo.

Peggioravo la situazione. I giorni trascorrevano confusi uno nell'altro, e la solitudine era come una sostanza grigia e pesante che si frapponeva tra me e la vita, impedendomi di stabilire anche il più elementare contatto con la realtà. Credevo fosse giusto non vederci più, ma se prima la solitudine mi era sembrata una scelta onesta di fronte a lei, ora mi appariva una sciocca condanna al nulla.

Capita, talvolta, di camminare senza una meta, guidati soltanto dai passi che si succedono l'uno dopo l'altro, meccanicamente. Assorti, seguiamo i nostri pensieri senza preoccuparci di dove stiamo andando: conosciamo bene la nostra città, attraversiamo le sue piazze, passiamo davanti ai suoi palazzi, saliamo e scendiamo i gradini dei suoi ponti, sempre sapendo con precisione, anche senza alcuna attenzione, dove siamo, cosa vediamo. Poi, all'improvviso, lungo una strada percorsa migliaia di volte, scopriamo una casa, una chiesa, un dettaglio che ci risveglia dai nostri pensieri: ci incuriosisce, ci sembra di non averlo mai visto. Venezia possiede una sua particolare magia nel mostrarci come se fosse la prima volta quello che credevamo di aver sempre visto.

Passeggiavo così, dietro Rialto, quando mi accorsi di una piccola, perfetta chiesa barocca. Di fronte al portone d'ingresso erano affissi alcuni manifesti e cartelloni con annunci di conferenze e proiezioni fotografiche. Varcando quella soglia, mi sembrò di entrare in un altro mondo.

La chiesa era sconsacrata; mancavano i tradizionali simboli cristiani, sostituiti con quelli di un'altra religione. Era il centro culturale indiano di Venezia. I banchi, con gli inginocchiatoi, erano disposti ordinatamente in fila, come se dovessero accogliere i fedeli per la messa. Qui sedevano invece alcune donne con il sari, uomini con il tradizionale abito indù, e altre persone vestite comunemente all'occidentale. Dal pulpito un sacerdote, forse un professore, con una tunica bianca, spiegava il significato di «brahma» in relazione al concetto giudaico e cristiano di «benedizione». Parlava con voce solenne, con lunghissime pause, come se attendesse l'ispirazione divina; trasmetteva un profondo senso di pace e di serenità. Per la sua lezione si aiutava con le fotografie dei templi e delle sculture indiane: erano immagini di un'arte così lontana e diversa dalla nostra che catturava la mia fantasia con la sua bellezza sacra ed erotica, eppure sfuggente, misteriosa, ricca di un fascino raffinato e prezioso. Mi sentivo avvolto da quelle parole, da quelle immagini, dall'atmosfera sensuale che comunicava una gradevole sensazione di abbandono, e mi sembrava che la mia volontà con le sue ossessioni divenisse ben piccola cosa di fronte a una verità maestosa ma stranamente vicina, molto umana.

Da quel giorno, incominciai a trascorrere gran parte delle mie giornate al centro culturale indiano. Avevo tuttavia cercato di cambiare il mio atteggiamento passivo, quello di semplice ascoltatore, studiando l'arte e la religione di questa civiltà, come se dovessi liberarmi dal senso di colpa che provavo nel lasciarmi trasportare inconsapevolmente dalla sua bellezza. E provai una vera gioia quando mi offrirono di collaborare alla redazione del loro giornale, che illustrava i problemi del mondo indiano con lo scopo di promuovere una ideale amicizia tra Oriente e Occidente.

Le novità mi affascinano, e anche oggi non rinuncio a gettarmi a capofitto in qualcosa di imprevedibile che mi incuriosisce. Ma quel giornale era diventato ben più di una occasione nuova di svago: passavo ore e ore a documentarmi sulla cultura indiana, a discutere con i miei amici orientali; con loro scoprivo il valore della semplicità, dell'assenza di competitività, del rispetto per i singoli individui; imparavo a capire che il significato dell'esistenza personale appartiene a una realtà più grande di noi, quella che genera la vita, decide la morte e ci affida al destino.

Dopo innumerevoli prove consegnai il mio articolo più lungo e impegnativo sul simbolismo nella cultura indiana. Tutto è simbolo in India, non solo l'arte e la religione, ma anche i più elementari comportamenti quotidiani. Questa fedeltà ai valori simbolici è una difesa dal materialismo e dal consumismo, mantiene vivo l'amore per la propria tradizione, non lascia avanzare il deserto del nulla.

Quell'articolo, non so come, finì in mano a un mio vecchio amico: fui molto criticato. Non erano tempi in cui si poteva sostenere impunemente che il mondo orientale possedesse una sua filosofia in grado di insegnarci qualcosa. Molti pregiudizi e dogmatismi condannavano chi non interpretava la vita soltanto come un fatto economico o come un fenomeno scientifico. Così, quello indiano era considerato un mondo miserabile perché non aveva conosciuto il progresso e la razionalità scientifica, essendo ancora in preda alle peggiori superstizioni religiose e ostile alle trasformazioni sociali imposte dalla vita moderna. India significava fuga dall'impegno politico e dalle responsabilità che ci aveva consegnato la nostra storia recente.

Il sospetto dei vecchi amici mi isolava ancor di più, ma io continuavo a provare grande interesse e molta serenità, dedicandomi al giornale «La nuova India». Forse, quello era davvero un rifugio che mi evitava di affrontare la mia realtà, lasciandomi vivere in un mondo di utopie, tra fantasie, sogni e felicità ideali. Tuttavia, riuscivo a dare alla mia solitudine uno stile dignitoso, senza nessuna amarezza, senza nessun rancore, e non potevo pensare che l'assenza del mio impegno politico avrebbe peggiorato le sorti della nostra civiltà.

Un giorno – non credo per caso – la incontrai di nuovo, proprio mentre passavo sotto le Procuratie per andare al centro culturale indiano. Emozionato, fingevo una calcolata disinvoltura, sicuro tuttavia di ottenere l'effetto contrario. Avevo desiderato quel momento, lo avevo atteso in ogni minuto della mia giornata e, forse, lo avevo inconsapevolmente preparato. Ora venivo esaudito proprio come volevo, ritrovandomi con lei senza nessun precedente accordo, senza nessun imbarazzante silenzio tra noi. Un breve tempo della mia vita le era sfuggito: incominciai a raccontarle confusamente dell'India, del giornale, delle mie insicurezze, dell'amore per lei. Ascoltava curiosa, divertita, commossa; come sempre le fu sufficiente qualche osservazione per dare subito un ordine ai miei pensieri, con la tenerezza che nasce dalla comprensione.

Dovevamo attraversare quella Venezia che è costretta a concedersi ai turisti, ancora molto numerosi. Camminavamo in fretta, evitando la folla, senza guardarci attorno, ascoltando soltanto le nostre parole. Quasi per magia ci trovammo seduti sulle panche della chiesa barocca sconsacrata, a guardare insieme un film su Calcutta.

Quella sera, mentre mi preparavo per uscire con lei, allacciandomi davanti allo specchio i bottoni della camicia, mi accorsi che stavo amando la vita come probabilmente non l'avrei amata mai più.

Sulla lunga riva che costeggia il canale della Giudecca scendeva opaca la luce della luna: lei le voltò le spalle e mi venne incontro. Mi promisi confusamente che la bellezza di quell'attimo non l'avrei lasciata sfuggire. Mi sentivo come se la corrente mi trascinasse di nuovo con sé, dopo avermi tenuto troppo a lungo immobile, impigliato nell'ansa di un fiume. Lei si fece più vicina, sollevò il suo viso verso il mio, e rimanemmo insieme, chiusi da un anello di luce che ci separava dal mondo.

Cosa volevo? Di certo, sapevo che avevo perduto la coerenza con me stesso, e tuttavia riuscivo a giustificarmi, pensando che ci si può anche contraddire, consapevoli di contraddirsi. E, d'altra parte, non sono forse i ragionamenti non contraddittori quelli più carichi di compromessi?

Per tutta la notte la luce della luna continuò ad entrare e uscire dalla finestra della nostra stanza; ero rimasto sveglio ad ascoltare i rumori lontani, che giungevano come un'eco familiare dal fondo della strada. Col tempo, pensavo, sarei riuscito a salvare il mio amore. Avevo soltanto bisogno di tempo.

Forse ero come tutti gli altri uomini, impazienti di possedere quello che non hanno, e disposti ad amare soltanto se sono sedotti dall'ammirazione, spesso ingannevole, di qualcuno. Ma non vivevo bene. Le emozioni che allora scorrevano tra di noi rappresentavano semplicemente tutta la giovinezza che impazzava in quegli anni. Bisognava condividerle come se fossero principi morali. E, così, ovunque andassi, non potevo sentirmi a casa mia e dovevo trovare di cattivo gusto e molto conformista essere giudicato una persona utile e socialmente ben inserita.

Quell'anno l'inverno arrivò tardi, ma nevicò, e qualche tratto della laguna, quello più esposto al vento di tramontana, gelò. Per proteggersi dal freddo, i gabbiani entravano nella città, volando bassi fra gli stretti spazi dei canali. Quando uno riusciva a trovare la corrente del vento che lo sospingeva verso l'alto, tutti gli altri, in fila, lo seguivano. Allora potevano distendere le ali e volteggiare come se fossero sulla laguna. Poi tornavano velocissimi dentro il canale, quasi che il freddo li trascinasse giù, strappandoli al cielo. Ma solo per poco. Un gabbiano veniva di nuovo preso dal vento, seguito dagli altri uccelli, e le loro delicate sfumature grigio pallido si disperdevano ancora nell'aria. Il volo largo e aperto sembrava una danza, un sacro rito propiziatorio che terminava con uno strano grido crudele. E, improvvisamente, sparivano, lasciando un senso di morte nel canale vuoto.

Il treno a scartamento ridotto si avvicinava rapidamente alla parete di ghiaccio, pura, tersa, solcata da tagli profondi in cui la luce penetrava con il suo azzurro intenso. Quando sembrò che stesse per sbatterci contro, il treno girò su se stesso, avvitandosi e continuando a salire sul fianco della montagna. Raggiunta la cima, si lanciò velocissimo giù, verso la vallata coperta di neve, che si divideva morbida al suo passaggio, sollevandosi in due larghe onde di piccoli cristalli.

Nell'albergo c'era confusione, un impressionante disordine e un gran via vai di gente che preparava la sfilata di moda in occasione delle feste di Natale. Quell'atmosfera nuova, carica di elettricità, mi mise subito di buonumore. Appena il tempo di depositare il bagaglio, e anch'io mi trovai immerso nella frenesia di un lavoro a cui cercavo di partecipare. Lei si era raccolta i capelli, lasciando scoperto il collo candido: era il segno che indicava il suo passaggio immediato all'azione. Tornai di corsa in camera per cercare il suo album da disegno: quando glielo porsi, lei tese il braccio in un modo che pareva al tempo stesso tenermi a distanza e afferrarmi per non lasciarmi andare.

Nevicò tutto il giorno, e alla quiete maestosa che si osservava attraverso le finestre corrispondeva un aumento incontrollato del rumore dentro l'albergo. Nella grande sala liberty si doveva montare una passerella; gli elettricisti stavano sistemando i fari insieme ai tecnici del suono che provavano i microfoni e la qualità degli altoparlanti. Poco distante da lì, due camere erano riservate alla sartoria e un largo corridoio alle prove. In apparenza tutti avevano compiti precisi, ma in realtà nessuno li rispettava: c'era sempre qualcosa che mancava o che non funzionava, e le persone sembravano moltiplicarsi per poi, all'improvviso, sparire.

L'agitazione e la confusione, che alla sera stavano ormai toccando livelli altissimi, raggiunsero il culmine quando fu scoperto uno sconosciuto che, approfittando della baraonda, si era intrufolato nella stanza dell'amministrazione, dove erano depositati anche i vestiti da conservare segretamente fino al momento delle sfilate. Forse aveva rubato, forse stava per farlo: mi sembrò strano che fra tanta gente si potesse riconoscere un estraneo. Mi feci largo tra le persone, che gli si accalcavano intorno, per curiosare anch'io e per raggiungere lei, che era accorsa fra i primi sul luogo in cui l'uomo era stato bloccato.

Era un poveraccio, solo, senza nessun complice, schiacciato contro il muro, soffocato dalla gente. E tuttavia, anche in quella posizione di resa, mostrava grande calma e sorprendente disinvoltura, ma nessuna arroganza. Un atteggiamento che lo rendeva simpatico ma non serviva a salvarlo dai sospetti e dall'aggressività delle persone, che continuavano ad accerchiarlo, stanche e nervose per il lavoro e niente affatto disposte all'indulgenza.

Interrompendo una interminabile sequela di insulti e minacce che piovevano sul pover'uomo da ogni parte, lei incominciò a fargli qualche domanda. Solo allora riuscii a vederlo bene: aveva una faccia magra, scavata, su cui risaltavano gli zigomi; i capelli, chiarissimi, erano così unti che rimanevano incollati alla testa. Quando portò le mani davanti agli occhi, mi accorsi che erano bellissime, con le dita lunghe e sottili; anche se molto trasandati, si capiva che i suoi abiti dovevano essere di una certa qualità.

Diceva di aver fatto l'attore tragico, e per convincerci, forse intuendo di avere di fronte un pubblico un po' particolare, incominciò a recitare i versi più noti dell'*Amleto*, riuscendo a creare intorno a sé un insperato silenzio. Poi pensando che la situazione gli fosse diventata favorevole, prese a raccontare delle disgrazie e delle disavventure che lo avevano costretto a lasciare il mestiere di attore e ad intraprendere quello di prestigiatore in giro per l'Europa, riscuotendo anche qualche successo.

Mi sembrava poco credibile, ma molto divertente; purtroppo non riuscì a trovare gli argomenti per concludere la sua storia nel momento opportuno, finendo per irritare nuovamente quelli che si erano improvvisati suoi spettatori teatrali e carcerieri. Tuttavia doveva disporre di un ottimo istinto drammatico, perché comprese al volo che era meglio uscire di scena; ma ormai era troppo tardi: il direttore dell'albergo e quello della casa di moda pretendevano una spiegazione e intendevano chiamare la polizia.

Quando la confusione e il nervosismo generale raggiunsero il culmine, fu lei, con grande calma, ad avvicinarsi all'uomo: cercò di placare gli animi e in poco tempo riuscì a liberarlo dall'accerchiamento. Accompagnandolo verso l'uscita, gli fece notare che gli si era strappata la manica del cappotto e che una sarta avrebbe potuto rammendarla subito. Lo strano attore scoppiò a ridere per quell'attenzione inattesa, così sproporzionata alle circostanze; non gli sembrava vero che qualcuno gli restituisse la battuta giusta per proseguire nella sua recita.

Ma lei non partecipava affatto alla commedia: era sicura che quell'uomo stesse soltanto usando una maschera per non dover mostrare la tristezza e la solitudine della sua vita. E lei voleva portare soccorso con la sua comprensione a chi si nascondeva dietro quella maschera. «Questa ragazza non sarà mai contenta finché non le spunteranno le ali per volare sopra tutti noi» sentii dire da uno dei presenti.

Non so se lei corrispondesse davvero a quell'immagine. Certamente non si rassegnava ad accettare il lato crudele della vita: si rannicchiava in un proprio angolo ideale per rifugiarsi dal male e dall'odio, e quando pensava che la tempesta fosse passata, usciva e lentamente incominciava a tessere la sua tela di protezione attorno a chi aveva bisogno di aiuto. A ogni contrasto doveva trovare una soluzione; ogni problema era portato con sottile abilità sotto il suo controllo. Così, quasi fosse una fatale necessità, rendeva indispensabile la sua presenza proprio là dove sembrava che non ci fosse più niente da fare. Non aveva il senso dell'irreparabile; non possedeva quel sentimento drammatico della vita che lascia disorientati e senza speranza, quando si è consapevoli che la propria azione non potrà mai ottenere successo. Ma neppure si faceva coinvolgere da quell'entusiasmo innocente, che nasce all'improvviso quando viene trovata una soluzione inattesa a un problema. In lei c'era un grande equilibrio e un desiderio assoluto di dedizione. Quando incontrava l'occasione per esprimere questa sua vocazione e poteva davvero spiccare il volo come un angelo, io mi sentivo a disagio, quasi infelice: capivo che non sarei mai riuscito a entrare in sintonia con la sua volontà, molto più autorevole e risoluta della mia.

Ricordo ancora quell'uomo lungo e magro, mentre usciva dall'albergo, ondeggiando nella neve; e non potrò dimenticare il gesto con cui lei gli porgeva il cappotto con la manica rammendata. Io non volevo che si sacrificasse per gli altri; neppure volevo che si sacrificasse per me. Mi sembrava in cerca dell'amore universale, come se alle emozioni preferisse un'idea astratta dell'amore. Così, qualche volta, quasi fosse un messaggio che avrebbe dovuto ricordarle la sensualità di chi abita sulla terra, le recitavo un verso di Baudelaire: «Ti rammenterai la bellezza delle carezze». Tuttavia non potevo smettere di amarla, soggiogato dalla sua dolce fierezza e dalla responsabile sicurezza con cui affrontava la vita.

Mi era parso strano che il suo modo di pensare, così poco incline alla superficialità e per nulla disponibile ad accogliere il lato futile dell'esistenza, le consentisse di lavorare in un ambiente tanto effimero come quello della moda. Poi, invece, capii che si divertiva, o quasi si compiaceva, a rimanere fedele al suo ideale di vita proprio frequentando la più infedele realtà del nostro tempo: la moda, lo specchio del mondo moderno. Noi ci siamo ormai abituati a convivere con le sue creazioni abbaglianti, incantevoli, e, poiché le sue novità svaniscono rapidamente, da una stagione all'altra, anche noi abbiamo imparato ad essere, come lei, volubili. Siamo affascinati dalla moda, e allora non è un caso che l'infedeltà sia diventata il sentimento più diffuso e tollerato nel nostro tempo.

Ma lei voleva sfidare questa infedeltà, convinta di poter osservare, attraverso le inebrianti novità degli abiti, come davvero è la vita, lasciando un segno di bellezza autentica, che conferisse alla futile realtà della moda un'alta dignità creativa.

Tu hai ereditato questa sfida, anche se l'arte non sarà mai moda: certo, se ti riducessi a stupidi e noiosi esperimenti, a chiamare arte un pezzo di plastica o una tela scarabocchiata... tutto questo sarebbe ancora più effimero di un abito di moda. L'arte deve parlare delle tue speranze, del tuo modo di vedere il mondo; deve essere generosa, esprimere i tuoi dubbi e le tue certezze, non nascondersi furbescamente nell'incomunicabilità solo perché non ha niente da dire. E non fidarti dei critici di professione, troppo spesso pagati per dire quello che conviene ai galleristi e al mercato. Ti auguro invece che le tue opere continuino ad avere il coraggio solitario della bellezza, il coraggio di combattere per un ideale. La creatività, anche quella dell'arte, è il gesto più bello che ci unisce al mondo. Le norme e le regole morali si basano sulla creatività che genera bellezza: la bellezza pensata in un'opera d'arte, la bellezza involontaria nella natura.

Un cavallo trascinava faticosamente la slitta verso il monte Cristallo. Nessuna traccia solcava la neve, distesa come un mare immobile, abbagliante più della luce del sole. La strada s'inoltrava nel bosco, tornando pianeggiante lungo le sponde di un laghetto ghiacciato. Laggiù anche il rumore degli zoccoli giungeva remoto nella pace infinita, quasi paurosa, che ci avvolgeva. In quell'incanto era facile dimenticare se stessi. Tutto attorno era gelido e inviolato: rocce bianche e muri argentati si ergevano verso il cielo in una fissità eterna, come se da un tempo infinito la morte avesse arrestato ogni cambiamento.

Una grossa coperta di lana ci proteggeva dal freddo e tratteneva il nostro calore. Sentivo il suo corpo morbido ed elegante, immensamente più bello di quello delle modelle a cui disegnava i vestiti. Ma un corpo che lei non amava, quasi volesse dimenticarlo come una vergogna. O che temeva: quasi non riuscisse a recidere le radici passionali e voluttuose che l'istinto vitale affonda in esso.

Sapeva ballare molto bene – credo avesse studiato danza fin da bambina – e continuava con regolarità ad esercitarsi. Solo una volta mi aveva permesso di accompagnarla nella sala da ballo, e guardarla. Appena la musica cominciava a suonare, il suo corpo si animava, s'innervava di un'energia misteriosa, come se venisse attraversato da una forza impersonale, e, liberato dal pensiero e dalla volontà, ritrovava una propria autonoma esistenza. La danza la trasfigurava, e nel ritmo la sua sensualità rinasceva prepotente, carica di vitalità, violando quella castità del corpo che la mente non riusciva più ad imporre.

Poi, quando la musica terminava, e i gesti e i movimenti si ricomponevano nelle solite cadenze naturali, la sua interiorità pareva richiamata a un ordine morale che pretendeva il sacrificio della sua sensualità.

L'esuberanza del suo involontario erotismo era così estranea all'immagine consueta della sua personalità, che mi affascinava e mi impauriva come un fuoco impetuoso la cui origine si perde nei tempi. Ma sapevo di essere proprio io, per primo, a preferire il lato protettivo, equilibrato del suo carattere, anche se più volte m'imbrigliava nella monotonia e nella rete soffocante delle responsabilità. Forse, per tenere un uomo, la donna deve possedere quell'astuzia negativa che riesce a lusingare la parte peggiore che c'è in lui. Eppure sapevo anche di desiderare intensamente il suo abbandono, sognavo di incontrarla in un mondo innocente, senza obblighi, in cui è possibile vivere liberi dalle costrizioni della volontà, felici nell'estasi e in un sonno cosciente e ad occhi aperti che tiene lontano tutto ciò che può ferire. Forse sarà così la vita nell'aldilà, forse sarà così la nostra immortalità.

Sì, ti confesso, quest'idea era la sintesi di tutto il mio giovanile ottimismo, nato da qualche trascurabile successo, figlio di qualche felice nottata. Il corpo è portato in dono sempre, non è sensualità solo in particolari momenti: la sensualità è il suo linguaggio più semplice e naturale, quello che rivela il nostro stile, parlando di noi. Perché noi siamo stile: il nostro modo di comportarci, perfino il nostro modo di pensare e di amare sono espressi attraverso uno stile che ci caratterizza, definendo la nostra personalità. Non coltivare uno stile, tradirlo, significa rinunciare a quella bellezza che c'è sempre in noi, indipendentemente dalla maggiore o minore gradevolezza dell'aspetto fisico.

Noi vagheggiamo un'esistenza senza conflitti, la serenità, la calma. Ma il sentimento più difficile da accogliere in noi è la pace, l'appagamento di sé. Finché c'è qualcosa contro cui gareggiare o lottare per raggiungere un obiettivo alto e rischioso, siamo disposti ad affrontare le difficoltà, e non pensiamo di perdere o di sciupare il tempo che trascorre. Cerchiamo di ottenere risultati sempre più ambiziosi, di migliorare il nostro rendimento, di avvicinarci al limite oltre il quale crediamo sia impossibile andare. E, quasi sempre, il prezzo che paghiamo per civettare con la perfezione è la solitudine.

Avevo smesso di frequentare il centro di cultura indiana, non collaboravo più al giornale, vedevo ormai raramente i miei amici orientali. Ma non avevo preso una decisione: era come se i miei passi non avessero più voluto portarmi nella chiesa barocca sconsacrata. Rimanevo semplicemente lontano da un mondo che mi aveva coinvolto ed entusiasmato, e ora non capivo se, in questo modo, cercassi di difendermi da qualcosa di pericoloso o di troppo bello. Forse erano proprio la stessa cosa.

Quell'atmosfera indiana emanava un'armonia contagiosa in cui sentivo la mia identità divenire evanescente, debole, inconsistente. Ero abituato a imporre un ordine alle cose, ero educato a stabilire differenze che dessero gerarchie ai valori dell'esistenza. In quel mondo, invece, tutto assumeva la stessa importanza: una pietra e un animale, un fiore e un uomo, una capanna miserabile e un tempio fastoso avevano lo stesso immenso significato nell'esistenza dell'universo. Tutto apparteneva con pari dignità al grande movimento che genera la vita e la morte, senza distinzioni, in una perfetta armonia. Anche se solo per qualche istante, avevo osservato la mia terra come un palcoscenico vivente, non come un recipiente che contiene cose e uomini da usare. È in quel momento che ti senti sprofondare nell'eternità, che sparisce la tua individualità. Era dolce perdersi in quella vaga sensazione di appagamento che stordiva e offuscava la volontà. Ma quando ritrovavo me stesso non sapevo decidere: non capivo se sbagliavo, allontanandomi da una vita responsabile per incamminarmi verso indefiniti orizzonti di serenità e di armonia; e così vivevo come una colpa l'abbandono a un destino che amabilmente assecondava le mie inclinazioni.

Certo, l'anima umana ha bisogno di digressioni; tuttavia queste non sono autentici mutamenti, perché la digressione è come una parentesi all'interno di una frase: alla fine, se davvero vogliamo ritrovare il filo del nostro pensiero, dobbiamo tornare con rigore al discorso principale. Troppo spesso, con superficialità, si condanna l'abitudine. L'abitudine è una ripetizione involontaria, un silenzioso automatismo capace di conferire a situazioni importanti o semplici della nostra quotidianità un valore di cui non sempre siamo consapevoli. E quando quell'abitudine viene a mancare, ci accorgiamo, all'improvviso, di ciò che abbiamo perso, mentre, se essa degenera, diventa allora un compromesso o un vizio.

La cantante aveva tirato le ultime boccate di sigaretta: concentrata e sicura, fasciata da un lungo vestito nero che le lasciava nude le braccia e gran parte del seno, provava se la voce fosse sufficientemente roca. Poi si portò al centro del palcoscenico, mentre gli altri attori andavano a prendere posizione.

Da una settimana, ogni sera, partecipavo alle prove di recitazione di un testo teatrale,«politicamente impegnato», come si diceva allora. Il pianista si era ammalato, e un amico mi aveva offerto di sostituirlo. Un compito facile; dovevo sottolineare con qualche accordo i movimenti e le battute degli attori e accompagnare la cantante. Mi sedevo al pianoforte con un entusiasmo quasi infantile, come, appunto, mi accadeva sempre di fronte alle situazioni nuove, in particolare quelle che mi si presentavano in un modo assolutamente imprevedibile.

La compagnia teatrale godeva di una certa notorietà, era composta da veri professionisti che pretendevano rigore e rispetto dei ruoli. Ci tenevo a fare bella figura e, non essendo mai stato un virtuoso del pianoforte, ripassavo lo spartito non appena avevo qualche ora libera durante la giornata. Mi preparavo con serietà, obbligandomi alla puntualità e facendo immensi sacrifici per evitare i miei abituali ritardi, con i quali, credo, già allora tentavo di spostare nel tempo le cose o le persone che dovevo affrontare.

Così arrivavo alle prove serali sempre per primo: nel silenzio, facevo ancora qualche esercizio per interpretare al meglio la mia parte. Dopo pochi giorni mi ero accorto che a quell'impegno mi dedicavo con un'insolita serietà; lo consideravo un'accettabile via d'uscita dalla mia recente passione per l'India. Ero ormai sensibile alle critiche, sempre più insistenti, dei vecchi amici: quelli davvero severi mi accusavano di essere diventato un qualunquista, gli altri, più disposti a comprendere, mi rimproveravano di aver perso il senso di responsabilità imposto dalla gravità della nostra situazione politica. Non sapevo come difendermi e non volevo nemmeno rinunciare agli amici di sempre, quasi trovassi in loro una rassicurante abitudine. Ma, siccome ero anche annoiato dagli interminabili ed estenuanti dibattiti sulle Grandi Cause, l'occasione di lavorare in teatro mi consentì di partecipare alla giovanile indignazione morale verso il nostro tempo da un osservatorio molto divertente e, comunque, ben accettato persino dai miei più severi censori.

Con ritardi anche per me invidiabili, pochi alla volta arrivavano gli attori e i tecnici della compagnia. Dopo indescrivibili lungaggini, come se la specie umana avesse il privilegio dell'eternità, il regista terminava il controllo delle posizioni dei riflettori, verificava gli effetti sonori, e finalmente si incominciava. Ma la confusione rimaneva impressionante: era un mistero come da quel disordine potesse uscire uno spettacolo con un inizio e una fine. L'anarchia era generale, tutto sembrava scoordinato; nessuno si dichiarava mai soddisfatto di niente; il regista criticava in continuazione e faceva ripetere all'infinito anche la battuta più stupida, gesticolando senza posa, correndo avanti e indietro per il palcoscenico, mostrando come eseguire i movimenti più semplici e come impostare la voce.

C'era un passaggio brillante nella commedia,

quasi una pausa nello sviluppo della trama, prevalentemente carica di tensione e socialmente impegnata, in cui tutto filava liscio: anche il mio commento musicale, che in quel punto aveva una funzione importante, di rado veniva corretto. Qualche volta mi chiedevo se quella parte andasse bene perché interessava poco al regista, o se nessuno la sbagliasse essendo piacevole e divertente da recitare, a differenza delle altre scene che trovavo francamente noiose.

La «prima» riscosse un grande successo. Ero felice come non mi accadeva da lungo tempo: avevo riguadagnato la stima degli amici, cosa che mi gratificava molto; ero consapevole di aver vissuto una situazione di privilegio assoluto, in cui non ero stato costretto ad impegnarmi in una decisione e a scegliere. Non potevo, infatti, considerare la mia partecipazione allo spettacolo un lavoro, né, mai, sarebbe potuto diventarlo, perché, per quanto divertente fosse stata quell'esperienza, certamente sarebbe terminata con la fine delle recite, o, forse, anche prima. Insomma, in quelle originali, svagate serate teatrali c'era quel senso di provvisorietà e di precarietà che ho sempre adorato e che, soprattutto, mi ha sempre rasserenato.

Dopo il debutto, nell'entusiasmo generale, andammo a cena. Violetta sedeva di fronte a me: osservandola, mi domandavo perché mai si chiamasse così. Forse i genitori la pensavano carina ancor prima che nascesse, o forse il suo era soltanto un nome d'arte che avrebbe dovuto renderla più vezzosa. Comunque, era davvero molto bella. Nella commedia interpretava una parte secondaria, anche se era spesso presente sulla scena. Quando non recitava, per qualche misteriosa coincidenza, il posto che doveva occupare era in prevalenza vicino al mio pianoforte. Ci scambiavamo qualche occhiata di solidarietà in attesa che arrivasse di nuovo il nostro turno. Poi, alla fine della prova, spariva rapidamente come tutti gli altri.

Quella sera mi trovavo ancora di fronte al suo sguardo; era diverso, aveva un'altra intensità: la sua civetteria sorrideva dai grandi occhi chiari e splendeva con un intenso magnetismo. Feci in modo che si sentisse incantevole, ma mi accorsi subito che era uno sforzo assolutamente inutile. Violetta apparteneva a quel genere di ragazze a cui il destino ha concesso il lusso di far innamorare gli uomini senza nessuna fatica.

La tavola da pranzo scintillava di risate; i discorsi si incrociavano in ogni direzione con grande clamore, ma sembravano evitare i nostri due posti, deviando come per superare un ostacolo. Cercavo di aggrapparmi a una risata, a una parola che arrivava dalla mia parte, per non precipitare nella vaga confusione che solitamente mi prendeva quando venivo turbato dalla bellezza di una donna.

A quel tempo una romantica timidezza dell'uomo non era più ammissibile, ma la sfrontatezza non era ancora diventata una virtù. Il corteggiamento era un gioco semplice, eppure non perdonava il dilettantismo. Io mi impegnai a fondo. Ci scambiammo i resoconti della nostra vita, e all'ultimo capitolo mi sentivo già demoralizzato, convinto che Violetta avesse ascoltato molte cose che aveva già sentito dire chissà quante volte da altri. Confidavo nell'allegra confusione che ci circondava, sperando che non tutte le mie dichiarazioni le giungessero troppo chiare. Invece qualcosa del flusso ininterrotto e crescente delle mie parole la colpì, lasciandola quasi senza fiato. Cambiò espressione, divenne ancora più intensa e seducente: chissà se recitava! Comunque adesso ero io ad aver conquistato il centro del palcoscenico, e lei doveva sentirsi come quando una battuta importante viene tolta all'attore principale e affidata a un comprimario. Mi sembrò perfino che il suo piede sfiorasse il mio sotto il tavolo. Forse era soltanto una gamba del tavolo: il solo dubbio, tuttavia, fu sufficiente per emozionarmi.

Ormai ero abbandonato all'imprevedibile. Quasi non mi accorsi neppure che la cena era terminata, che tutti si erano alzati e stavano formando nuovi gruppi per nuovi incroci di sorrisi e parole. E Violetta si era ripresa la parte principale di quella commedia priva di colpi di scena; mantenne le posizioni attraversando le chiacchiere degli altri e rifiutandosi alle loro attenzioni. Era padrona della sua bellezza e sapeva dosare con grazia le variazioni del proprio comportamento volubile. Costruiva i suoi discorsi come un mosaico dal disegno indefinito: parole sospese, frasi spezzate, silenzi e sguardi in apparenza eloquenti ma indecifrabili. Le erano sufficienti poche idee rubate agli altri e colte di sfuggita... Ma quella sua leggerezza dell'anima mi sembrava irresistibile, mi coinvolgeva: mi lasciava trasportare dall'immaginazione senza mai mettervi un limite; con lei potevo credere di raggiungere vette straordinarie perché sapeva farsi complice della mia fantasia con un turbinio di pensieri, di progetti, di invenzioni. La sua vita passata e futura doveva essere una serie ininterrotta di scene simili a quella che stava rappresentando con me in quel momento. Violetta pareva fatta di una materia fragile, ma che resisteva modellandosi come più le piaceva alle pieghe della realtà. Riusciva ad essere finzione e verità, ad essere attrice che entra ed esce dalle parti che la vita le suggerisce di interpretare, continuando a presentarsi con autentica spontaneità. Mi aspettavo che la maschera cadesse, ma nello stesso tempo pensavo che quello potesse davvero essere il suo volto. Un gioco di magia senza inganno, un malizioso compiacimento che la pervadeva di una intensa seduzione.

Non so come, ci trovammo soli nella penombra della terrazza. La notte non era rigida, l'inverno ci stava lasciando. Sotto i nostri occhi si distendevano i tetti delle case che sembravano proteggere Venezia con una coltre compatta e irregolare, strappata in qualche punto per lasciar scorgere, come oggetti preziosi, i riflessi dell'acqua di un canale, il segmento della facciata di una chiesa, la prospettiva di un campo.

I silenzi stavano diventando sempre più frequenti e allusivi tra noi. Dopo un rapido calcolo delle probabilità, mi avvicinai a lei, come se volessi indicarle il fregio di un palazzo un po' lontano, che solo io conoscevo. Nel buio lei girò verso di me il capo con le labbra socchiuse. A un tratto arrivarono voci chiassose e un rumore di passi veloci. Violetta mi volse le spalle separandosi da me. Mi parve di essere stato privato di qualcosa, e non avevo nessun dubbio che fosse finita.

Se in modo imprevisto si ripete un fatto già accaduto, diciamo, con molta meraviglia, che si è verificata una straordinaria coincidenza. Il passato ritorna come se volesse ricordarci qualcosa che avevamo trascurato: riteniamo sia un caso a interrompere la corsa del tempo verso il futuro, e siamo costretti a pensare ciò che avevamo già dimenticato. La vita è piena di coincidenze grandi e piccole, importanti e lievi, che appartengono al nostro destino. Crediamo che la volontà sia in grado di controllare tutto, di ridurre l'infinita variabilità dell'esistenza al nostro servizio: ci sentiamo forti e superbi in questa certezza. Poi qualcosa improvvisamente ci sfugge e genera una situazione non voluta, non calcolata: vinciamo il momentaneo sconcerto, pensando che si tratti di un caso che, con un po' di attenzione, o si poteva evitare o si poteva subito capire. Così ritorna la regolarità; la nostra mente ha già superato l'incidente, e ci sentiamo rassicurati nella nostra marcia verso il futuro. Invece queste casuali, strane coincidenze sono lampi che in un attimo illuminano il senso del nostro destino.

Da qualche giorno erano terminate le recite teatrali e la compagnia era partita in tournée, portando con sé il vero pianista, quello che io avevo sostituito. Seguivo distratto alcuni amici, camminando senza badare alla strada, come capita quando si conosce perfettamente ogni calle, ogni canale, ogni ponte, e si ama la loro bellezza quasi fosse parte della propria vita. Non poteva esserci nessuna sorpresa nell'andare a una cena di compleanno. E così, senza accorgermene, mi trovai nello stesso ristorante in cui qualche giorno prima avevamo festeggiato il debutto della nostra commedia. Anche adesso ero seduto a una lunga tavolata che risuonava di allegria, proprio come l'altra volta. Una coincidenza: un sospiro del destino che pretendeva qualcosa da me.

Di fronte a me c'era lei, bella come Violetta, ma con uno splendore più grave, i colori tenui, la luce meno scintillante. La sua bellezza insinuava una sottile soggezione, era segnata da tratti pensierosi, non possedeva l'immediatezza e la semplicità di quella di Violetta: bisognava interpretarla nelle infinite sfumature che suggeriva. E anche il fascino del suo corpo non si lasciava afferrare con gioiosa irriverenza: aveva una profondità che sfuggiva alla libertà della leggerezza.

Un giorno, tornando insieme a casa, dopo aver seguito una conferenza sull'India, lei mi aveva fatto notare la differenza tra il modo di ballare delle donne indiane e quello delle occidentali. «Loro» mi diceva «tengono sempre la pianta del piede ben aderente al suolo. Battono la terra al ritmo della musica, la sentono vibrare come cosa viva sotto il peso del loro corpo. Noi, invece, ci solleviamo sulle punte delle scarpette quasi per sfiorare appena la terra. La nostra grazia e il nostro virtuosismo tecnico si esprimono nel librarci quanto più possibile verso l'alto, con le braccia lievi come ali. Il corpo deve apparire etereo, ogni movimento deve sembrare un volo che cerca l'infinito per sottrarsi alla resistenza che lo vincola alla gravità della terra. Noi amiamo la leggerezza spirituale della danza; gli indiani, invece, sentono pulsare l'erotismo della vita nella solida potenza della terra a cui il loro corpo rimane fedele e unito, celebrando lo stesso mistero della creazione.»

Non so se con quelle parole volesse svelarmi la sua nostalgia per una sensualità autentica, senza sublimazioni né astrazioni, a cui non si sentiva destinata. Credo di averla vista davvero felice, consapevole dell'erotismo della propria bellezza, soltanto quando ballava. Allora si spogliava della realtà che solitamente l'accompagnava, forse la imprigionava; il corpo s'inarcava, si elevava, disegnava nell'aria figure e geometrie perfette come se non appartenesse a questa terra, come se le leggi di gravità non lo riguardassero. Risplendeva di seduzione: non quella che pervade di oscuro, vitale erotismo una donna indiana, bensì quella carica di sublime levità che ad ogni istante sembra raggiungere l'estasi.

Era di fronte a me, proprio nello stesso posto in cui qualche giorno prima era seduta Violetta. Sembrava che qualcuno avesse voluto mettermi davanti agli occhi un quadro di Tiziano, sostituendo il precedente ritratto disegnato da un pittore certamente molto raffinato, ma niente di più.

Lei si mostrava davvero lontana dall'insipido catalogo dei vezzi e delle leggerezze femminili: la sicurezza e uno strano umorismo sognante davano il chiaroscuro al suo equilibrio e al suo riserbo. La conversazione, che iniziava discreta in mezzo a quel fragoroso turbinio di parole, poteva rendere brillanti le cose più comuni, e poi si diffondeva catturando l'attenzione di tutti. Con lei potevo essere portato per mano lungo qualsiasi strada: dovevo soltanto seguirla.

E tuttavia, pur avendo studiato e ripetuto mille volte la parte che aveva voluto insegnarmi con molto amore, sentivo di non riuscire a interpretarla mai veramente bene. Forse soltanto la parte che avevo interpretato con Violetta era davvero mia: forse in quella rappresentazione c'ero proprio io e non l'altro che cercavo di essere.

Quando piccole coincidenze irrompevano nella mia vita per farmi riflettere, mi accorgevo di essere a disagio: ero convinto che i miei desideri fossero evidenti, eppure non ero capace di dar loro radici profonde. E così la mia insoddisfazione la faceva soffrire: pensava che non avessi molto rispetto per me stesso, che mi lasciassi prendere dalle passioni o dalle simpatie del momento senza mai decidere davvero, come se le mie scelte fossero sempre occasionali, quasi imposte dalle circostanze. Alla fine non potevo che farmi ossessionare dalla noia e sprofondare nella malinconia.

Un giorno mi sembrò che lei correggesse, o soltanto perfezionasse, la sua spiegazione. Certo, io ero vittima delle mie emozioni e di tutto ciò che catturava immediatamente la mia attenzione, ma questo era nulla a confronto del potere così forte che su di me esercitava la fantasia. Ecco, ero schiavo della mia fantasia, lei mi diceva. C'è una situazione da affrontare, devo prendere una decisione: invece di semplificare le cose per capire verso quale scelta potermi orientare, la fantasia comincia a lavorare, a presentare nuovi scenari sempre più complicati, talvolta eccitanti, talvolta deprimenti... e così avanti, senza un attimo di sosta. E alla fine, sul problema iniziale la fantasia ha costruito specchi, frammenti colorati come quelli di un caleidoscopio: è sufficiente un piccolo movimento, e l'immagine cambia completamente. Si è perduto il riferimento con la realtà, anzi, è la realtà che diventa un gioco della fantasia: tutto può essere vero e falso, bello e brutto; non ci sono differenze, e senza un confine tra questo e quello non si può prendere una decisione. Ma è il trascorrere del tempo che lo impone; in questo modo, le scelte non sono il risultato di una sensata riflessione, ma di un gioco della fantasia: un battito delle ciglia, un istante in cui per caso appare un'immagine seducente e con la grazia delle cose effimere, senza nessuna complicata conseguenza. E questa immagine, nata nell'attimo in cui gli occhi rimangono chiusi, diventa la guida per scegliere e decidere. È fin troppo chiaro che, quando si svela il trucco e si smaschera il gioco della fantasia, il peso della realtà manda in frantumi il castello di specchi, in cui il nostro sogno luminoso diventa una scheggia tagliente, e rimangono soltanto molti sbagli, nessuna vera scelta, la malinconica sfiducia in se stessi.

Il quadro del mio carattere lo aveva disegnato bene: non era dei migliori, ma neppure mi sembrava così negativo. C'erano molte ingenuità e poche difese; credo che mi sentissi anche lusingato. Il trascorrere degli anni, anche se ha ricoperto con una spessa coltre di ironia le incertezze del passato, lascia ancora qualche spiraglio in cui il carattere giovanile pretende sempre di farsi ascoltare. Così mi accorgo che, forse, a quel tempo ero davvero ingenuamente prigioniero nella trappola della fantasia, mentre lei cercava di liberarmi per chiudermi nel labirinto della sua intelligenza.

Ormai sapevo chiaramente che ogni mio passo era per lei prevedibile, che ogni mio pensiero era da lei intuito senza bisogno delle parole. Mi sentivo come un giocatore che, a differenza degli altri, doveva fare la sua partita a carte scoperte: lo svantaggio era incolmabile, e solo una grande abilità mi avrebbe ancora offerto la possibilità di competere. Ero tanto orgoglioso da volerci provare: probabilmente ero – come lei diceva – senza difese, o forse ero semplicemente innamorato e non mi preoccupavo di niente. E poi non era mai accaduto che lei avesse rivolto contro di me la sua intelligenza come un'arma per ferirmi, pur sapendo bene quali fossero i punti deboli da colpire. Credo che le persone buone portino con sé la bontà come una responsabilità a cui istintivamente tendono a sacrificare tutto, anche le loro passioni o la loro genialità.

E tu pensi davvero che si possa vivere senza il gioco della fantasia e la libertà dell'immaginazione, rimanendo prigionieri della realtà del nostro tempo, con le sue situazioni già definite, con i suoi obblighi già stabiliti? Pensi che si possa rinunciare alla trasgressività dell'eros e al sentimento della bellezza?

Come donna, conosci le inquietudini e le lusinghe dell'immaginazione che non ti lasciano appagata di fronte ai modelli di bellezza abilmente congegnati dal nostro mondo consumistico. Le sue suadenti sirene promettono l'eterna giovinezza, miracolose trasformazioni che, spesso, sono soltanto volgarità e violenza contro la naturalezza del corpo. Il tuo buon gusto e la tua educazione ti rendono consapevole dei limiti e delle possibilità del tuo corpo, e ti impediscono di consegnarlo ai medici-ingegneri della bellezza artificiale. Quando si rispetta il proprio corpo, si vive la sua bellezza come castità morale, perché, comunque, ognuno di noi possiede un suo stile con cui rappresenta la propria ideale bellezza o il proprio cattivo gusto: allora si può riconoscere il fascino di un volto anche se è segnato dalle rughe, e nello stesso tempo capire quale maschera grottesca esso potrebbe diventare se venisse violata la sua naturalezza.

Come artista, non sottrarti ai rischi della creatività suggeriti dalla tua immaginazione. Non pensare, però, alla bellezza come a una mite espressione di pace, di assenza di tensioni e di conflitti, come se fosse pura armonia e perfezione assoluta. La bellezza è una forza simbolica che si annida all'origine della vita: sollecita i nostri dubbi, spinge all'azione affinché un ideale si affermi nel mondo. Ma questa bellezza guerriera richiede immaginazione: un'immaginazione che si appassiona alla verità come a un significato sempre da scoprire, che sente la libertà come un compito infinito da realizzare.

La porta di casa era socchiusa. Per colpa mia, probabilmente, eravamo come al solito arrivati in ritardo. L'appartamento era quello di un amico che un tempo lei frequentava spesso e poi, per quelle piccole ma incontrollabili circostanze mai facilmente comprensibili, aveva finito per vedere sempre più di rado. Ma si sposava ed eravamo proprio noi, gli eletti, ad accompagnarlo al suo matrimonio, atteso da tutti come un avvenimento eccezionale. Carlo, che portava i suoi cinquant'anni come un vestito dei grandi magazzini, fino ad allora si era sempre rifiutato di sposarsi, sostenendo con orgoglio e con una dogmatica filosofia di vita questa decisione.

Ci eravamo fermati davanti alla porta aperta: qualcuno ci aveva preceduto per portarlo al suo nuovo appuntamento con la vita. Il senso di colpa incominciava a impadronirsi di me, quando lei improvvisamente si ricordò che Carlo, per abitudine, e forse per qualche ideologica convinzione, non chiudeva mai a chiave la casa. E infatti lo trovammo in cucina, seduto davanti al tavolo, solo e piangente. Ci mettemmo quasi in ginocchio davanti a lui, senza riuscire a capire cosa stesse mormorando a testa bassa, mentre i singhiozzi confondevano le parole. Era morto il segretario del PCI, un funzionario provinciale molto influente anche nel Comitato centrale. «Lo hanno avvelenato» ci dice finalmente con una frase chiara; e dopo qualche altro incomprensibile lamento, trova un po' di calma per continuare: «Si era troppo esposto in questa crisi politica; con gli incidenti, i morti in piazza... Lui non ci stava e così gliel'hanno fatta pagare».

Riprese a respirare con regolarità, si alzò dalla sedia e incominciò a camminare nervoso per la cucina. Finalmente si trovò nella posizione giusta per guardarci: forse fu la prima volta che si accorse di noi. Allora pensò di doverci una spiegazione: «È la solita musica: è stato assassinato da agenti del capitalismo internazionale». «Potrebbe anche essere stata una morte naturale: in fondo aveva settantotto anni!» lei gli rispose aggiungendo qualche parola per sdrammatizzare la situazione. «Stava benissimo, lo hanno avvelenato» replicò ostinato, e il solo pensiero lo fece ripiombare nel più cupo sconforto. «Secondo me» s'intromise una voce che mi arrivò forte e autoritaria alle spalle «quel genere di vita non fa bene a nessuno. È sedentaria, sempre al chiuso per seguire una riunione e poi un'altra; aria viziata e luce artificiale per leggere continuamente tutte quelle cartacce...» Era la donna delle pulizie, appena uscita dal bagno, che aveva trovato nel portinaio, salito con la posta, un serio interlocutore per commentare la morte del vecchio comunista.

Non sapevo se intervenire o tenere per me la sensazione che il compagno Carlo stesse esagerando in modo decisamente ridicolo. Rimasi silenzioso; poi notai appeso alla parete uno di quegli orribili orologi da cucina, un disco largo bordato da una plastica azzurra, e mi convinsi a cambiare discorso: «Si sta facendo tardi per il matrimonio» dissi.

Tanto poco fu sufficiente perché nella stanza tornasse il silenzio.

Gli occhi dei presenti ebbero un solo punto di convergenza: dov'ero io; e un'unica espressione: attonita. Era ovvio che le nozze dovevano essere rinviate.

Proprio in quell'istante, Carlo sembrò passare dalla depressione a una eccitata esaltazione e osservò che tutti si stavano interessando a lui, permettendogli così di prolungare il suo lamento. Non prese iniziative, tornò a sedersi in un angolo della cucina e lasciò agli altri le decisioni.

Non sarebbe stato un compito facile avvisare la sposa di quel lutto improvviso e della situazione che aveva provocato. Da quanto si poteva capire, il matrimonio era stato una sua lenta conquista. Era ormai da tanti anni insieme con Carlo, ma abitavano in case separate. Poi, sarà stato il passare del tempo, che consente di affrontare la vita con maggiore semplicità, o forse quella tenerezza che quando invecchiamo s'insinua con discrezione trasformando anche i princìpi più rigorosi in stupide abitudini: comunque fosse, avevano deciso di dare un orientamento più convenzionale alle loro esistenze.

Pur avendo ascoltato con silenzioso compiacimento le parole di comprensione per il suo dolore, Carlo continuava a non dare segni di ripresa: rimaneva seduto, torcendosi le mani, con lo sguardo perso nel vuoto come se stesse cercando nell'aria la più tenue convinzione per affrontare un mondo nuovo in cui non credeva più.

Fu lei a impadronirsi della situazione e a mettere un po' d'ordine. Le piaceva essere attiva, anche se prima di intervenire dava l'impressione di rimanere come lontana, distaccata da ciò che stava accadendo: uno stato d'animo che pareva insieme astratto e svagato. Non risparmiandosi fatica e devozione, aveva coltivato un idealismo che diventava facile preda di chi si ritrovava senza coraggio e sprovvisto di iniziativa per andare avanti.

Era restata quasi sempre in silenzio, anche se qualche sua parola pronunciata nel vivo del dramma lasciava trapelare un'ironia educata, precisa, quasi arida, mitigata da una gentilezza espressa così in fretta e istintivamente da essere colta soltanto nei suoi effetti. Il risultato di questa calibrata e imprevedibile combinazione del suo carattere produceva quel tipo di fascino che veniva sistematicamente adoperato dagli altri: così, mentre lei entrava in azione per affrontare problemi non suoi, io assistevo alla conseguente, inevitabile crescita del mio egoismo. E naturalmente rimanevo accecato davanti a ciò che accadeva attorno a me, perché la realtà e la determinazione di chi voleva cambiarle mi irritavano, privandomi di quel piacevole gioco della fantasia a cui si aggrappavano i miei giudizi, liberi di vagare senza le costrizioni e gli obblighi che appesantiscono l'esistenza.

Il matrimonio fu sostituito con il funerale.

In campo San Giovanni e Paolo, dove ci sono l'ospedale e l'obitorio, si erano radunati fin dalle prime ore del mattino i compagni di Carlo, puntuali per ricevere una delegazione ufficiale da Roma. Era uno dei primi giorni di primavera; il grande freddo della notte aveva sciolto la nebbia, e nella luce limpida sventolavano le bandiere rosse. Un grosso cane nero incominciò ad abbaiare furioso non appena da un altoparlante risuonarono le prime note dell'*Internazionale*.

Passeggiavo avanti e indietro con lei per riscaldarmi, lungo il lato del campo che fiancheggia il canale, senza fermarmi, anche perché molte di quelle persone non le frequentavo ormai da anni e provavo un po' di imbarazzo a inserirmi tra loro, soprattutto dopo che si erano raccolte in gruppetti a discutere, a discutere senza fine, alzando la voce per superare il suono della musica. La gente che passava, si fermava, osservava incuriosita per vedere chi c'era, probabilmente pensando che stesse per incominciare un comizio.

Seguito dai famigliari e dal prete che benediceva, uscì il feretro dalla cappella dell'ospedale. I compagni fecero silenzio, ma venne alzato il volume degli altoparlanti, e l'*Internazionale* risuonò così forte e improvvisa da spaventare i colombi che si levarono in volo, rapidi e disordinati, sfiorando con le ali la testa delle persone. Nel canale vicino erano attraccati i motoscafi, pronti per portarci al cimitero. Sul primo fu imbarcato il feretro con i parenti, il prete e gli ospiti di riguardo; noi salimmo sugli altri. Il corteo si mosse lento: finalmente ci fu silenzio, e con il silenzio venne la tristezza.

Il tratto del canale che dall'ospedale arriva in laguna è lungo solo qualche centinaio di metri. Lontano, con le sue mura bianche e il verde dei cipressi, si vede affiorare dall'acqua l'isola di San Michele, il cimitero più bello del mondo. Pianissimo procedevano i motoscafi per il canale, stretto tra vecchie case e il muro dell'ospedale alto e grigio, malinconico, senza nessuna decorazione. Quando giunsero nella laguna, dove lo spazio si apre sull'orizzonte e l'acqua si distende immobile, i motoscafi accelerarono impennandosi un po' sulla linea dell'onda sollevata dallo scafo: la velocità aumenta, e lentamente l'imbarcazione plana. Ora la prua fende l'acqua, e la corsa si fa rapidissima. Ci aggrappiamo al primo appiglio che troviamo per non cadere: in un istante il vento gelido incomincia a tagliare la pelle del viso e a gonfiare le bandiere. Un lungo drago rosso si distende su tutto il corteo funebre: vola basso tra la schiuma bianca sollevata dalle eliche e il cielo chiaro. Anche la malinconia sembra portata via dal vento; i compagni incominciano a cantare l'*Internazionale*, e un'impensabile euforia torna a inebriare il corteo, trascinata dalla velocità, dal vento e dal drago rosso.

Forse tu sorridi di quel mondo così fiducioso sotto le sue bandiere, esaltato dai suoi inni, e ti appare lontano, incomprensibile, oggi che la storia ha incenerito le grandi ideologie con le loro speranze utopiche. Ma sempre, in ogni tempo, le manifestazioni politiche di massa sono figlie del cattivo gusto, sono kitsch, enfasi dell'inautentico. Esibiscono con retorica esaltazione i valori fondamentali della vita, come l'amore, la giustizia, l'eguaglianza, sottraendoli alle riflessioni e ai sentimenti personali, confondendoli in un'artificiosa, falsa collettività che maschera i singoli egoismi e cancella le responsabilità personali. La politica altro non è che il modo in cui una società dà stile a se stessa. In questo stile c'è la sua verità. Ma non devi disperare mai: come vedi, anche il cattivo gusto politico apparentemente più irriducibile talvolta può essere trasformato in un'immmagine di vera bellezza da un imprevedibile gioco della natura. Come accadde a quel funerale di tanti anni fa, che incominciò in modo così irriguardoso, quasi volgare, di fronte alla morte. Poi bastò il vento teso e lucente che si alzò dalla laguna per portare via tutto l'inutile apparato ideologico, con la sua ipocrita e falsa retorica.

Il compagno Carlo si sposò, dando così involontario inizio a una serie numerosa di matrimoni di amici, durante quella primavera fredda e piena di sole.

La vita può cambiare completamente da un giorno all'altro? E come dobbiamo disporci di fronte al cambiamento: resistendo o assecondandolo?

Il matrimonio mi sembrava una promessa d'eternità a cui però mancava la poesia, il senso mitico, il fascino dell'infinito che possiede invece la parola «eternità». Insomma, un flirt con la grandezza misteriosa della vita che si risolve in una misera cosa carica di compromessi.

D'altra parte, le brevi relazioni hanno importanza? Forse, qualche volta: ma raramente. Ci attraversano come l'acqua che scorre senza lasciare traccia.

Quello che conta dura negli anni e ha un incessante, lento sviluppo. Importante è ciò che resta con noi tutta la vita. Però anche la continuità può presentarsi in modo diverso da come siamo soliti immaginarla: talvolta ci raccogliamo in noi, pensiamo, riflettiamo, tentiamo un bilancio delle nostre esperienze e ci accorgiamo che non solo è giusto cambiare idea, ma che il cambiamento è un'avventura dell'anima che ci mantiene onesti e giovani. E, allora, possono anche variare le persone con cui abbiamo stretto un legame, e possono trasformarsi i giudizi con cui valutiamo le stesse situazioni che da tempo si ripetono: ciò che continua e non muta durante il corso della vita è la fedeltà al senso dell'amicizia, dell'amore, della libertà, della giustizia.

Quale era, allora, il vero segreto del matrimonio? Credere nella continuità, affidandosi alla lenta e metodica azione dell'abitudine che fonde giorno dopo giorno due esistenze diverse? Oppure assecondare il proprio desiderio di lasciarsi aperti al cambiamento e accogliere le trasformazioni, rimanendo fedeli soltanto al proprio ideale di amore e di autenticità della vita, anche se differenti sono le persone che ci accompagnano lungo il nostro cammino?

A quel tempo il segreto non si svelava, e io non sapevo decidere. Oggi vivo con disinvoltura il disordine della mia vita sentimentale e non mi pongo più il problema, perché, ancora, non saprei risolverlo.

In quella lontana primavera, quando c'era una festa di matrimonio quasi ogni settimana, vedevo che alcuni miei amici si sposavano senza rendersi conto a cosa andavano incontro: io adoravo la loro leggerezza e la invidiavo davvero molto. Altri, invece, con grande devozione sentivano quell'occasione come l'avvenimento fondamentale della loro vita: ero diffidente verso questa cieca fiducia nel futuro e non riuscivo a creder loro, ma invidiavo quella ferma convinzione.

Io non mi ero mai trovato né nell'una né nell'altra situazione, e d'altra parte il passare del tempo non facilitava nessuna mia decisione, perché constatavo che esiste comunque un uomo «spiritualmente» sposato, lo sia o meno in realtà: è un tipo particolare di «conservatore», anche generoso e altruista, che cerca però di mantenere ogni cosa nell'ordine in cui è per lavorare in pace e tirare avanti. Non mi piaceva, non aveva stile.

La vita può cambiare da un momento all'altro: era questo il mio splendido miraggio che, istintivamente, proteggevo dalle minacce della realtà.

Intanto, per quel lungo momento, partecipavo alle feste di matrimonio degli altri. Naturalmente erano pensate come qualcosa fuori dal comune e organizzate per celebrare un avvenimento irripetibile e favoloso. Però, forse per esorcizzare il salto verso il futuro, la festa esibiva sempre una identica ritualità, e sempre uguale doveva essere il nostro atteggiamento: ordinati in fila, come se fossimo là ad attendere il nostro turno, eravamo invitati ad assistere alla spericolata e allegra capriola del destino di colui che era stato designato.

La festa doveva svolgersi rigorosamente in chiesa: era prevalso lo spirito di corpo, e infatti anche chi aveva manifestato qualche renitenza alla fine aveva dovuto convenire che era più dignitoso trovarsi al cospetto di un ministro di Dio che di un funzionario dello Stato italiano.

Poi, in barca, raggiungevamo il ristorante, scelto sempre su un'isola della laguna, quasi per convincerci che quello spazio circondato dall'acqua delimitava un gruppo di amici che non si sarebbe mai dissolto e che anche coloro che avevano stretto un nuovo legame sarebbero comunque rimasti solidali con le vecchie amicizie.

Prima del pranzo era di rito il «discorso»: un'iniziativa laica destinata a bilanciare il sermone tenuto in chiesa dal prete. Questo alto esercizio retorico poteva essere svolto da uno di noi, ma la scelta era più complessa di quanto in apparenza si potesse immaginare, perché la persona e il suo discorso orientavano gli stati d'animo dei presenti, diventando un ideale punto di riferimento durante tutta la giornata e, in qualche caso, anche per i giorni successivi. Il malinconico, l'entusiasta, lo scettico, l'ottimista lasciavano così l'impronta del loro carattere sulla festa, e non sempre il ballo che seguiva metteva fine ai commenti.

Memorabile fu la festa sull'isola di San Piero in Volta.

Lontana, nella parte estrema della laguna verso Chioggia, l'isola è l'ultimo lembo di terra che frena la marea dell'Adriatico. Ci vuole tempo per raggiungerla e molta abilità nel destreggiarsi tra le barene, segnalate con simbolica vaghezza da esili briccole che tracciano curiosi arabeschi sull'acqua. Le barche percorrevano larghi giri per procedere verso l'isola, ripiegavano su se stesse e poi di nuovo procedevano diritte verso la meta, cercando la profondità della laguna per evitare di insabbiare le eliche. Irregolari onde sottili erano tagliate dalla chiglia che abbandonava dietro di sé un filo di schiuma bianca, come per segnalarci la strada di ritorno nel labirinto della laguna.

Il giradischi fu portato sulla terrazza, vicino alla sala da pranzo, insieme alla tradizionale cassetta di frutta, conservata ormai come un cimelio, sulla quale si esibiva l'oratore scelto per l'occasione. Eravamo tutti già pronti, disposti a semicerchio – gli sposi davanti, al centro, per l'unica circostanza della giornata in cui dovevano prestare attenzione e non essere oggetto d'attenzione –, quando un signore più anziano di noi si fece avanti, salì con esagerata cautela sulla cassetta e abbassò lo sguardo come per concentrarsi.

Si era contravvenuto alle regole: l'oratore non era uno di noi e forse in pochi lo conoscevamo.

Era piccolo, vestito di nero, con i pantaloni un po' troppo corti, che coprivano appena le caviglie, e una camicia stirata male, candida come la pelle del suo viso. Alzò gli occhi, vivacissimi, azzurri, che giravano senza pace a destra e a sinistra dietro due spesse lenti. Si ravviò i radi capelli, lasciando cadere un po' di forfora che andò ad aggiungersi a quella che già delicatamente punteggiava di bianco le spalle della giacca.

Mi guardavo intorno per capire se fosse solo una mia impressione: in realtà il forestiero suscitava in tutti diffidenza, e nessuno mostrava per lui curiosità, o almeno benevolenza, per quel suo modo di muoversi impacciato e circospetto. Iniziò a parlare: aveva una voce bellissima che sembrava corteggiare il mondo. In un attimo ebbe tutti gli sguardi su di sé.

Poteva essere un professore, amico della sposa, invitato per risollevare le sorti dell'orazione, dopo che, nelle ultime due feste, i conferenzieri avevano dato pessima prova di sé, intrattenendoci con insulse storielle piene di volgari doppi sensi. Ora mi sembrava che si stesse esagerando nella direzione opposta.

La sua voce era affascinante, tanto che distraeva dal senso delle parole. Le frasi erano complesse e lasciavano tra noi impressioni ambigue, strane sensazioni. A un tratto s'interruppe, facendo una pausa più lunga delle altre: comprese di avere su di sé l'attenzione generale e, come se iniziasse un canto, ci invitò a dare alla virtù un fascino nuovo, il fascino della cosa proibita. La virtù doveva avere il sapore del vizio, ci diceva, e il paradosso incominciò a provocare anche i più indifferenti.

Accorgendosi che la tensione era cresciuta, prese più confidenza con il suo corpo, rimasto irrigidito sopra la cassetta, e incominciò, anche, ad accompagnare le sue parole con qualche gesto delle mani:

«La virtù» declamava «è ormai qualcosa fuori moda, come un abito un po' all'antica, che riesce ad attirare soltanto spiriti vecchi e senza fantasia. Io non vi chiedo di rinunciare alla virtù come valore, ma di assegnarle un significato nuovo e diverso, un significato rivoluzionario. Oggi la virtù agisce su di noi come costrizione, come rimorso, rinnega lo slancio vitale insinuandoci il sentimento della colpa e del peccato. Io non vi chiedo una vita dissoluta, prigioniera di meschini piaceri, abbagliata dal denaro. Vi chiedo che la virtù diventi per voi un piacere estremo, e questo sarà possibile solo se essa attirerà su di voi, come una calamita, la sensualità della bellezza. Capitemi bene, vi prego» aggiunse con enfasi crescente, mentre ormai tutta la nostra attenzione era soltanto per lui. «Io lodo coloro che hanno a cuore la bellezza finché rimane nelle fibre della loro carne e non viene confusa con la bella apparenza, con le immagini luccicanti e seducenti della società consumistica, che ha assoldato al proprio servizio la morale e la politica. La bellezza di cui io vi parlo è cosa per pochi e combatte questa morale e questa politica corrotte: ha una potenza dirompente e una forza progettuale, utopica e mai nichilista, mai ostile alla vita. La via della bellezza non conduce verso quelle idee di giustizia, di libertà, di politica che imperano nella nostra società. Sapete cosa scrisse il grande Giovanni Volfango Goethe? "Libertà e uguaglianza possono essere godute solo nell'estasi del delirio estetico." La via della bellezza porta verso l'arte e verso una vita come opera d'arte. Una via che non ama le costrizioni e le regole dell'ordine sociale immobile e immodificabile: esalta la creatività, l'immaginazione, l'avventura dei sentimenti, adora la vera libertà dello spirito. Ma, state attenti, perché essa attirerà sempre su di voi diffidenze e sospetti, rendendo la vita rischiosa, spesso solitaria.»

Come nel crescendo di una sinfonia, il professore aveva raggiunto il culmine. Ora doveva concludere impostando la battuta finale: «Vi auguro che il vostro matrimonio possegga la bellezza dell'opera d'arte».

Nessuno si mosse, nessuno prese l'iniziativa di battere le mani, nessuno si azzardò a intonare, come consuetudine, i tradizionali inni agli sposi. Soltanto silenzio.

Quella giornata prese una piega diversa dal solito. Ci divise. A piccoli gruppi si commentava sotto voce, e neppure i dischi, che qualcuno di noi incominciò timidamente a far suonare sulla terrazza, riuscirono a riunirci nei balli.

Con lei andai a camminare sull'argine dell'isola che divide il mare dalla laguna. Passeggiammo a lungo, fino ad arrivare al termine di quella striscia di terra sospesa tra il cielo e l'acqua. Di fronte a noi, in lontananza, oltre l'ampio canale che consente al mare di entrare per riprendersi la laguna, appariva Chioggia, simile a una immensa zattera nera.

Sul limite estremo dell'argine c'erano tre capanni per la pesca che trattenevano, con un arcaico gioco di leve e di argani, larghe reti quadrate. Non c'era nessuno ad usarle, ed erano rimaste sospese nell'aria; ondeggiavano pesantemente al vento, cigolando.

La porta socchiusa di un capanno sbatteva con ritmo regolare. Incuriositi, entrammo. Il tavolo e le sedie impagliate erano disposte con un ordine geometrico, mentre su uno scaffale era ammassato alla rinfusa il materiale per la pesca. Lo spazio angusto era occupato in gran parte da un vecchio divano di pelle, logoro e consunto in più punti: un mobile impensabile per quel posto, quasi che il mare si fosse divertito a scegliere tra i suoi relitti la cosa meno pratica da abbandonare in un rifugio di pescatori.

Sprofondammo tra i cuscini. Lei si raccolse accanto a me e mi strinse tra le braccia. Ero affascinato da quella sua adorazione così vera e senza vergogna, in cui il corpo comunicava tutta la sua passione, sostituendo sentimenti fugaci e sottintesi con una sensualità penetrante. Temevo quella sua adorazione, così rara in una donna, che mi dominava, togliendomi ogni difesa. Sentivo la sua pelle premere contro le mie braccia e le mie gambe, le labbra si schiusero, e nella profonda intensità del piacere si annebbiò la coscienza e tutto scomparve. Quando riaprii gli occhi mi parve di ritornare dal nulla. Lei era rimasta vicina, immobile, il viso quieto, mi guardava con tenerezza, mi guardava con l'indulgenza che si prova per un bambino che volge gli occhi verso un adulto senza speranza di comprenderlo. Le sfiorai il viso, trattenni la mano tra i suoi capelli mentre il suo corpo abbandonato e un po' ansimante giaceva inerte accanto al mio. In quel momento sognai che la mia vita non si sarebbe mai lasciata strappare un solo attimo di tanta felicità.

La sera incominciava a calare azzurra, dal mare. Ritornammo, camminando tra larghe pozze di luce gialla che segnavano la strada lungo l'argine. Il silenzio era intenso, e anche le lievi onde del mare sembravano rispettarlo: speravo che nessuna parola arrivasse a rovinare quell'incanto con il bisogno di riflettere e ragionare.

«Una provocazione, soltanto la smania di creare stupore: tutte cose senza senso.»

Così lei aveva iniziato a commentare il discorso del professore vestito di nero con la voce che sapeva corteggiare il mondo. Non condivideva niente di quello che aveva detto: «È un irresponsabile! Ci viene a predicare un'esistenza senza radici, un'anarchia che vive nel culto della bellezza, nutrendosi di stravaganti legami d'amore. L'unione tra due persone è possibile se viene dato un ordine alle passioni: anche l'amore ha bisogno di disciplina, soltanto così s'incontra una libertà vera, che, certo, non si trova mettendosi alla ricerca del piacere estetico. In fondo, il professore, chi ha preso a modello per il suo discorso? Don Giovanni: una figura patetica, infelice, incapace di trovare pace nel sesso».

«Mi sembra» le risposi un po' controvoglia, pensando che sarebbe stato meglio rispettare quel magico silenzio, rovinato soltanto dalle nostre parole «che il professore parlasse del matrimonio, non dell'amore. La decisione di sposarsi va meditata con lucidità, a mente fredda, senza lasciarsi suggestionare dalla passione del momento. Il matrimonio è un legame permanente, dovrebbe essere definitivo.»

«In un periodo della vita è normale che l'amore sia vissuto come qualcosa di irrevocabile, quasi un patto con il futuro. Certo, è meglio non sbagliarsi, ma questa paura non può soffocare la spontaneità e la necessità di scegliere.»

«Ci sono matrimoni e matrimoni; non ce n'è uno in generale. E comunque non mi piace un mondo suddiviso in coppie...»

«Abbiamo alternative al matrimonio? C'è la convinzione di non poter dare profondità e stabilità al proprio amore. C'è la solitudine.»

«Il rapporto definitivo, irrevocabile, non è tutto... Sì, è da ingenui credere che la libertà consista nell'avventura sentimentale senza limiti e senza riguardo per nessuno. Ma a me piacerebbe che nell'unione tra uomo e donna ci fosse uno spazio invalicabile: all'interno si trovano le nostre singole individualità, intoccabili, irraggiungibili. Una zona ideale in cui si rimane se stessi e diversi, senza compromessi, dove ci si può muovere soli e liberi. Più che un legame, l'unione diventa un equilibrio perfetto tra due esistenze: come due stelle che non si toccano ma si muovono eternamente insieme.»

«Una fantasia» replicò lei con decisione «o un modo come un altro per giustificare il proprio egoismo.»

Incurante della silenziosa bellezza della sera, il discorso si contorceva nel tentativo di chiarire, distinguere, sottilizzare: in realtà aumentava soltanto la mia insofferenza e la sua delusione.

L'idea che il matrimonio si dovesse vivere come un'opera d'arte mi aveva incuriosito e, forse, anche affascinato: mi suggeriva un'immagine in cui potevano convivere la libertà della fantasia e l'ordine del pensiero, la sregolatezza della creatività e la perfezione della forma. Forse una cosa assurda; però se si doveva scegliere un esempio per proteggere l'unione tra due persone dagli egoismi e dalle piccole meschinità quotidiane, trovavo che quello proposto dal professore fosse originale e molto appropriato.

L'arte mi sembrava una buona condottiera della vita per respingere le tirannie delle convenzioni e dei luoghi comuni, per incoraggiare nuove soluzioni, per inventare, per non subire. E verso la bellezza ci porta, generalmente, la strada dell'arte, non qualche confusa passione o un meschino egoismo.

Vagavo, vagavo con la fantasia, davvero per non prendere nessuna decisione responsabile. E le parole del professore mi apparivano suggestive perché mi lasciavano libertà di immaginare tutto ciò che desideravo. Con un po' di onestà, almeno verso me stesso, dovevo ammettere di provare una certa diffidenza per il modo di vivere degli artisti, dei poeti. Ne conoscevo qualcuno e avevo visto all'opera la gente di teatro: inaffidabili per qualsiasi attività seria, riottosi e narcisisti, eterni adolescenti inclini alle più vacue trasgressioni. Permalosi senza ironia, quell'ironia che è un segno di modestia, di sano scetticismo, capace di colorare con le sfumature giuste le cose che accadono e di ridimensionare la loro interiorità.

E tuttavia continuava a piacermi quell'idea del

matrimonio come opera d'arte: era forse soltanto una semplice via di fuga dalle responsabilità, perché a un artista si perdona, perfino si ammira, una vita che non è mai altamente ispirata alle convenzioni morali?

Il professore aveva parlato di arte, non di artisti. L'artista può anche essere una figura poco raccomandabile, ma l'arte è un'altra cosa. La sua origine è un canto di lode e di gioia in onore del creato, scopre la bellezza per esaltare gli eroi e le loro gesta. Poi, il tempo la trasforma in uno specchio, in cui la vita trova riflessa la propria immmagine, un'immagine di ciò che amiamo o desideriamo o temiamo: scopre la verità che può renderla più giusta e più bella. L'arte diviene un invito alla vita, ma anche un giudizio sulla vita: piacere e coscienza critica.

Devi leggere un grande racconto di Tolstoj, *Sonata a Kreutzer*. Ci insegna come l'amore per l'arte nasca da questo suo doppio mondo: quello in cui si esalta l'esistenza e quello in cui la si giudica con le armi della verità. Gioia sfrenata e lucida consapevolezza: nel punto esatto in cui questi due estremi si toccano c'è la sorgente dell'ironia.

Sapevo bene, comunque, che lei coglieva in me qualcosa di evanescente, di fuggevole, forse anche di superficiale, che non le dava alcun sicuro affidamento. Ma io non avrei mai potuto pensare di lasciarla, perché lei aveva la parte migliore di me. Quella sì, quella sapevo di avergliela consegnata con amore, ma era una parte troppo piccola.

Il vero riferimento della mia vita era stato mia madre; mi aveva mostrato come affrontare il mondo; insieme a lei ero riuscito a raggiungere qualche buon risultato. Ma lei non c'era più, e la sua morte aveva lasciato nel tessuto troppo esile della mia esistenza uno strappo da cui avevano incominciato a sfuggire, a poco a poco, le certezze, la stima per me stesso, il coraggio. Ero, come gran parte degli uomini, inceppato nella mia protetta adolescenza materna: siamo figli di madri, incerti e timidi, e preferiamo rinnegare noi stessi piuttosto che subire un rimprovero da una donna, troppo umiliante per la nostra fragile maschilità.

Durante tutta la primavera continuarono le feste di matrimonio. Dopo quella che si era svolta sull'isola di San Piero in Volta, per molti di noi il momento più atteso e importante era diventato il «discorso». Con l'assenso di tutti fu ammesso il principio secondo cui l'oratore poteva essere esterno al gruppo degli amici e, anzi, la scelta si fece molto laboriosa, ancora più complessa di prima, quasi che l'esito della giornata fosse affidato alle parole che si sarebbero ascoltate. Ma nessuno riuscì più a provocarci come il professore vestito di nero.

A risvegliare la curiosità per un rito che ormai stava diventando monotono, fu un matrimonio improvviso.

Precedendo gli altri invitati, avevamo preso il vaporetto che porta al Lido. Per l'occasione l'Hotel Des Bains aveva aperto soltanto una sala, la più grande. Non c'erano ospiti, era ancora presto per la stagione turistica, e il vuoto, il disordine, la provvisorietà, visibile fin nell'atrio d'ingresso, che stavano ancora restaurando e imbiancando, infondevano un senso di malinconia. La giornata, poi, smentiva crudelmente la primavera. C'era nebbia, e l'aria rimaneva fredda e umida, impedendo di scorgere dalle grandi finestre ad arco dell'albergo, oltre la linea grigia della sabbia, il mare.

Non conoscevamo la sposa; non l'avevamo neppure mai vista. Era una ragazza russa che aveva ottenuto dal regime sovietico il permesso di venire a studiare al Conservatorio di Venezia con una borsa di studio. Solo da pochi mesi abitava in Italia, e da ancor meno tempo si era innamorata di Giorgio e lo aveva convinto a sposarla, suscitando sorpresa e le ovvie interpretazioni sui vantaggi che avrebbe ricevuto dal matrimonio.

La vidi arrivare in lontananza, confusa nella nebbia, simile a un miraggio. Varcò il grande portone d'ingresso, e la sua meraviglia fu ancora più grande di quando, lungo il viale del giardino, le apparve all'improvviso la sagoma bianca, imponente, dell'albergo, con il suo elegante fascino decadente.

Puoi ancora scoprire e devi saper proteggere le testimonianze di una storia recente che non ha mai conosciuto lo splendore del grande stile passato: è la bellezza della decadenza. Discreta, elegante come una donna al tramonto che ha attraversato con generosità il proprio tempo, quella bellezza ti apparirà come un monito contro l'assalto della volgarità moderna. Oggi conosciamo con precisione le leggi che muovono la terra, disponiamo di macchine tecnologiche che hanno raggiunto impensabili livelli di perfezione, e mai come oggi siamo costretti a tollerare la corruzione del gusto e a sopportare che sia derisa la creativa bellezza dell'arte.

Esile, eterea, con i capelli biondi più chiari della sua pelle bianca e gli occhi azzurri che guardavano sbalorditi quello che le stava accadendo intorno, la giovane russa si muoveva con cautela e con una misurata precisione, come se temesse di poter danneggiare qualcosa. Non si staccava di un centimetro dal suo uomo, come se aspettasse di ricevere da lui le indicazioni su quello che doveva fare. Quando riuscì a sedersi, sembrò che finalmente avesse trovato un rifugio da cui non si sarebbe più lasciata portar via. Anche in quella posizione rassicurante aveva ridotto i movimenti al minimo indispensabile: soltanto lo sguardo faceva di quando in quando il giro della tavola, attento alla gioia degli altri. Poi le mani, bellissime, affusolate, parvero animarsi per stabilire l'unico contatto possibile con il mondo. Silenziosa, accarezzava le cose che toccava; la calma si era impossessata di lei e il suo viso splendeva attraverso il lieve pulviscolo che lame di luce riflessa dalle grandi vetrate sollevavano e tenevano sospeso nell'aria.

Giorgio la trattava con molta gentilezza; forse era la prima persona che aveva avuto un po' di confidenza con lei da quando era in Italia. Si erano conosciuti per caso mentre si godeva il primo sole di primavera, seduta ai tavolini del bar di campo Santo Stefano, vicino al Conservatorio. La sicurezza e la rapidità con cui era stato deciso il matrimonio ci aveva lasciati sconcertati, e già durante il pranzo scrutavamo lo sconosciuto oratore per cercare di capire in anticipo come avrebbe affrontato la questione e se ci avrebbe svelato qualcosa di segreto. Ma rimanemmo delusi.

Quel poco di vita primaverile annunciata nei giorni precedenti era scomparsa. Le onde erano tornate nere e battevano con violenza la spiaggia, sospinte dal vento di scirocco. La nebbia sfumava i contorni delle dighe che si allungavano verso il largo, e lasciava scorgere a tratti le case oltre la strada. Aleggiava ovunque un senso di provvisorietà, di insignificanza. Le conchiglie, numerosissime e minuscole, si ammucchiavano lungo linee irregolari, ondulate, che scendevano verso l'acqua e risalivano verso le dune di sabbia, segnando il limite raggiunto dal mare sulla spiaggia. Molte finivano sotto i nostri passi, e scricchiolavano nel frantumarsi. Da quella distruzione lei riuscì a salvarne una, a forma di ventaglio, meravigliosamente regolare, gialla e verde. Due colori che il nostro gusto non accosterebbe mai, e che invece la fantasia della natura si era divertita ad accoppiare, lasciandoli brillare umidi d'acqua.

Le parole dell'oratore non avevano contribuito ad

eliminare il sospetto nei confronti della giovane russa, che continuava ad essere trattata da tutti con diffidenza. Forse era un matrimonio di convenienza, in fondo più che comprensibile: un'ottima opportunità per non dover far ritorno in Unione Sovietica. Forse la ragazza lo amava, ma quel matrimonio tanto precipitoso appariva a molti un espediente per proteggere se stessa. Così pensavano gli amici, e più che a una festa sembravano andati in soccorso di un uomo in pericolo.

Io non riuscivo a credere che in quel corpo così delicato potesse nascondersi una forza tanto subdola come l'inganno. Non pensavo ci fosse falsità nella ragazza. Poteva non amare Giorgio, ma sentivo che gli sarebbe rimasta amica devota e grata.

Avere amore e avere amicizia, certo, non sono la stessa cosa. Non sempre chi ama è anche amico, mentre un amico può amare veramente. L'amicizia è un bene immenso, comunque; l'amore, talvolta, riesce anche a nuocere.

Una decisione così importante, presa tanto rapidamente, aveva per me qualcosa di avvincente. Giorgio, almeno lui, era stato capace di affidarsi ai propri sentimenti, alla sincerità della propria tenerezza. Viveva, semplicemente, senza preoccuparsi di calcolare con il bilancino i vantaggi e gli svantaggi delle sue scelte. Ammiravo e invidiavo quella spontaneità che consentiva l'abbandono a un destino imprevedibile, evitando le costrizioni della volontà. La giovane russa, bionda e fragile, avrà fatto i suoi calcoli, e la possibilità di non ritornare più in Unione Sovietica era un ottimo risultato. Ma per

Giorgio era diverso: lui, sì, aveva avuto libertà d'immaginazione, creatività: forse lui era riuscito davvero a fare del suo matrimonio un'opera d'arte. Magari un'opera astratta, di quelle che non si comprendono perché non c'è niente da capire, ma suggestiva, ricca di inventiva. La decisione di Giorgio lasciava intuire tutta la sua aspirazione a una vita libera dalla fatica di dover andare sempre più avanti, il rifiuto di dover sottoporsi sempre a nuove prove e verificare, ancora, quale obiettivo era stato raggiunto, qual era il senso che avevano assunto il lavoro, l'amicizia, l'amore; poi, alla fine di tutto, l'obbligo di affrontare il giudizio degli altri.

Si dovrebbero prendere precauzioni contro il futuro e credere in qualcosa che vada oltre noi stessi e che non trovi nella volontà una forza in grado di opporsi.

Ma quello che cercavo confusamente allora era il senso della giovinezza, con i suoi entusiasmi, le sue incertezze e paure che potevano essere state vissute qui negli ultimi cento o mille anni. E ancora mi aggrappavo – lei lo capiva bene – alla fantasia: non per costruire infiniti palcoscenici su cui recitare parti diverse senza mai dover scegliere e decidere; piuttosto, vagando in quel mondo fantastico mi illudevo che riuscissero a convivere realtà opposte e inconciliabili; così, se ero perfettamente consapevole che una situazione era definitiva e non modificabile, tuttavia pensavo che potesse ancora cambiare, che qualcosa, anche soltanto il passare del tempo, prima o poi, l'avrebbe resa diversa.

Camminavamo sulla spiaggia, lontano dalle onde che si frangevano sulla sabbia, consumando lentamente la loro corsa tra piccoli gabbiani immobili, bianchi come la schiuma abbandonata sulla riva. Il mare era senza luce, velato da una nebbia densa e malinconica. Erano scomparsi i colori e la dolcezza dei primi tramonti di primavera, quando l'orizzonte chiaro ti abbandona a qualsiasi desiderio. E l'estate era ancora lontana, persa oltre il muro di nebbia: avrei voluto che arrivasse, l'estate, con le sue lusinghe, i suoi ingenui miraggi, il mare caldo e il sole che ti insegue strisciando tra le calli, danzando sull'acqua dei canali e vagando tra le guglie delle chiese e le pietre dei palazzi, per affidarti, poi, alla notte con le sue feste, feste vere, tra balli e infinite promesse e quella divina provvisorietà che non ti chiede niente sul futuro, così dolce quando l'esistenza quotidiana, il lavoro, la casa sono anch'essi provvisori. Speravo soltanto di poter continuare a stare vicino a chi amavo senza pensare a quello che sarebbe accaduto: aspettavo che l'estate arrivasse e mi aiutasse.

Mi strinsi a lei, continuavo a tenere il suo corpo vicino al mio come se temessi che in quell'istante un'onda più lunga e violenta mi trascinasse via da lei. Ma ancora non mi liberavo da quel sentimento di solitudine, conosciuto fin dall'infanzia, che neppure l'amore di mia madre era riuscito a sconfiggere: il senso di un destino eternamente solitario e tuttavia sempre pervaso da un intenso piacere di vivere.

In quegli anni avrei dovuto incominciare a preoccuparmi di cosa significa invecchiare, e imparare a proteggermi dalle pugnalate della memoria. Credevo fosse sufficiente non pensare né al passato né al futuro, e credere in un amore senza compromessi, senza divisioni di compiti, senza ossessioni sul mio e sul tuo: un amore vissuto come un vincolo perfetto, assoluto, quasi impersonale, in cui dovevano sparire le nostre due storie private, in cui tutto è silenziosamente perfetto come accade nell'incontro tra due stelle, che si corrispondono senza volontà, obbedendo a una legge sconosciuta.

Desideravo una donna che non vedevo: così rimanevo come una crisalide che non avrebbe mai messo le ali, condannata a strisciare sulla terra, quando invece il suo destino è il volo, libero nell'aria. Io mi condannavo a un'immaginazione che aveva la presunzione di sollevarsi sui conformismi e sui compromessi dell'esistenza, mentre restavo pesantemente schiacciato dalla realtà.

Eppure sono convinto che la radice dell'amore sia la solitudine: l'essere isolato segue l'impulso ad avvicinarsi a ciò che gli è lontano, tende la mano, spera che qualcuno lo afferri e lo sostenga. L'origine dell'amore è in quella solitudine silenziosa, anonima, non sofferta con timore o angoscia perché vive in noi come un fiore selvatico, senza cure, spontaneo, vigoroso contro il cielo e il sole. Qui c'è la fiamma che accende il contatto: le parti si avvicinano, s'incontrano in un perfetto equilibrio stellare, rimanendo diverse senza l'illusione di diventare una cosa sola. Cos'è l'amore se non questa parità tra singoli esseri che si corrispondono come due astri, ciascuno nella propria sfera siderale, in cui viene protetta la loro autonomia e la loro integrità?

Ero incerto, ma tollerante verso le cose. Ci doveva essere un ordine superiore che non dipendesse dalle nostre decisioni e dalla nostra volontà! Ci doveva essere una legge sconosciuta e intelligente che non avremmo mai potuto distruggere con il nostro desiderio di sopraffazione e di dominio! Non avevo fiducia nelle mie scelte, ma credevo nell'armonia della natura con la sua creazione pura, che illumina il cammino delle stelle, che fa crescere i fiori e muove le onde del mare: proprio così come ci dice una delle più belle poesie di Goethe che mia madre, ancora piccolo, mi faceva recitare a memoria. Io stesso potevo anche essere il frutto di un errore, ma non il mio angelo libero di volare oltre gli ostacoli della vita, senza sbagliare la direzione, perché conosce il bene e il male, il vero e il falso, il giusto e l'ingiusto.

Senza solitudine e senza tolleranza verso il mondo, l'amore è un sottile e astuto strumento di dominio, oppure un'emozione simile a tante altre. Io non credevo né nell'uno né nell'altra. Questo le dicevo, mentre camminavamo tra le conchiglie sulla sabbia, tra piccoli gabbiani bianchi come la schiuma lasciata dalle onde e la nebbia che confondeva il mare e la spiaggia. Avrei voluto la luce del sole e l'estate per cancellare ogni pensiero e sospendere il tempo, ancora per poco, in una irresponsabile e ingenua provvisorietà.

Forse mai come allora mi sentii compreso. Una comprensione che ci separava. Aveva diffidenza per quella mia tolleranza verso il mondo, e un senso di protezione, troppo materno, per i grovigli della mia immaginazione.

Mi amava, ma nello stesso tempo era infelice. C'era qualcosa che, proprio perché mi amava, non riusciva a sopportare, e diventava sempre più malinconico il suo bisogno di difendersi, allontanandosi. Se avesse veramente voluto sentirsi unita a me, avrebbe dovuto dimenticare se stessa e il suo desiderio. Amava il proprio lavoro, era consapevole del suo talento e, giustamente, ambiziosa. Intelligente e bella, si preparava a sfidare il mondo con grande vantaggio sui concorrenti. Intelligenza e bellezza rendono una donna invincibile, anche se, spesso, molto infelice. Non si sentiva più le forze per tentare, ancora una volta, di sollevarmi da quella che giudicava un'irresponsabilità verso me stesso: troppo inconcludente, attratto dalla provvisorietà e svagato dai sogni.

La luce intensa dell'aria allungava le giornate e verso sera il sole depositava sulla laguna un velo sottile e opaco che offuscava il tramonto. Sembrava che anche l'estate avesse fretta di tornare.

Il lavoro l'aveva tenuta qualche tempo lontana. Ci incontrammo dove la riva delle Zattere s'incrocia con la strada larga che porta all'Accademia. Quello che per tanti giorni era stato il suo eroe, ora lei lo osservava come un ragazzo che l'aveva delusa.

Mi fermai a guardarla mentre se ne andava. Aspettavo che si voltasse; sapevo che se si fosse girata avremmo continuato a vivere insieme.

Non la vidi più, non rividi più tua madre.

Eppure non sentivo di aver sprecato qualcosa: semmai, la vita mi aveva respinto. La mia nuova solitudine non aveva nessuna grandezza: spesso anche la debolezza e la fragilità sono cose belle. C'era il dolore del ricordo: ma, come il mare deposita lentamente sulla spiaggia frammenti dispersi di altre esistenze, così leggere onde della delusione lasciavano sulla mia anima la responsabilità e l'amore per la vita.

Io faccio le cose di sempre, ma non è più come prima. Talvolta cerco dentro di me qualcosa da rimpiangere, che mai riesco a trovare. Non sono più tornato a Venezia d'estate. Ma d'inverno, tante volte. Cammino sulla spiaggia del Lido, deserta, e mi sento al centro dell'universo: ho la certezza che un delfino può battere la coda sull'acqua dell'oceano, al largo dell'Irlanda, e provocare le onde lunghe e lente che vengono a morire sulla sabbia, ai miei piedi. Si potrebbe calcolare con precisione. Ma è difficile, difficile; e ci vorrebbe molto tempo.

«L'incantesimo»
di Stefano Zecchi

Arnoldo Mondadori Editore S.p.A.

Questo volume è stato impresso
nel mese di ottobre dell'anno 1997
presso lo stabilimento Nuova Stampa di Mondadori - Cles (TN)
Stampato in Italia - Printed in Italy